i

imaginist

想象另一种可能

理
想
国

imaginist

木心精选

木心诗选

童明选编

上海三联书店

图书在版编目（CIP）数据

木心诗选 / 木心著 . —上海：上海三联书店，
2020.5（2024.5 重印）

ISBN 978-7-5426-6987-2

Ⅰ . ①木… Ⅱ . ①木… Ⅲ . ①诗集—中国—当代
Ⅳ . ① I227

中国版本图书馆 CIP 数据核字 (2020) 第 033156 号

木心诗选
木心著

责任编辑 / 宋寅悦
特约编辑 / 曹凌志
装帧设计 / 陆智昌
制　　作 / 陈基胜　马志方
监　　制 / 姚　军
责任校对 / 张大伟

出版发行 / 上海三联书店
　　　　（ 200041 ）中国上海市静安区威海路755号30楼
邮　　箱 / sdxsanlian@sina.com
联系电话 / 编辑部：021-22895517
　　　　　发行部：021-22895559
印　　刷 / 山东韵杰文化科技有限公司

版　　次 / 2020 年 5 月第 1 版
印　　次 / 2024 年 5 月第 4 次印刷
开　　本 / 787mm×1092mm　1/32
字　　数 / 60千字
图　　片 / 3幅
印　　张 / 13.5
书　　号 / ISBN　978-7-5426-6987-2/I·1612
定　　价 / 79.00元

如发现印装质量问题，影响阅读，请与印刷厂联系：0533-8510898

本书诗歌选自木心诗集——

我纷纷的情欲

西班牙三棵树

伪所罗门书

巴珑

诗经演

云雀叫了一整天

木心 1927—2011

木心诗歌手稿本

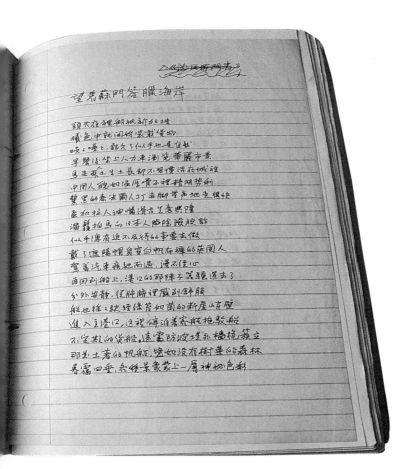

望着蘇門答臘海岸

題天在這裡船抵新加坡
曙色中就開始裝載貨物
唉，唉，隔久了似乎也是自炫
早餐後坐上人力車瀏覽華麗市景
馬來亞土生土長卻不習慣活在城裡
中國人貌如溫厚骨子裡精明勢利
黧黑的泰米爾人打赤腳罵聲地走得快
亞拉伯人神情慣老生意興隆
溜鬚拍馬的日本人臉陰險狡詐
似乎總有迫不及待的事要去做
戴了遮陽帽身穿白帆布褲的英國人
駕著汽車疾馳而過，漫不經心
再回到船上，港口的那陣子蒸騰過去了
分外安靜，從肺腑裡感到舒服
船徐徐駛經綠草如茵的斷崖峭壁
進入到港口，這裡傳泊著客船拖駁船
不堪其數的貨船，遠處防波堤外檣檣羅立
那些土著的帆船，密如沒有樹葉的森林
暮靄四垂，各類景象蒙上一層神秘色彩

木心诗歌手稿本

目　录

I

368	柔	至
369	繁	霜
370	肃	肃
371	焕	焕
372	负	暄
373	污	浣
374	关	关
375	其	雨
376	将	骐
377	厥	初
378	雾	豹
379	如	英
380	乌	镇
381	怀	里
382	不	如
383	蟋	蟀
384	恒	骚
385	白	鸟
386	何	草

387	谓	尔
388	他	山
389	鱼	丽
390	击	壤
391	鹿	鸣
392	终	识
393	恖	怵
394	英	玉
395	上	天
396	王	事
397	鸠	鸣
398	鱼	在
399	日	益
400	人	有
401	有	客
402	旆	旐
403	以	濯
404	人	异
405	人	之

阿里山之夜

我能唤出
寂静的乳名

却又无言
因恐惊逸寂静

1948

贡 院 秋 思

黄石桥边水波寒

渔父看厌敬亭山

羞将俚歌道哀乐

惭有闲情逐鸥雁

遗袜惹来人济济

挂剑飘去影冉冉

回看社庙斜阳里

金人肩头噪暮蝉

1949

思　绝

小屋如舟衾似沙

灵芝劫尽枕芦花

杜宇声声归何处

群玉山头第一家

1956

还值一个弥撒吗

我是世俗的

狼窜般脱越

笑语喧腾的修道院

挨在这里，细雨

鸦雀无声的凯旋门下

剔除烟斗的积垢

说老未老，说俊不俊

嘉年华如数告罄

巴黎现在也

穷得喜欢摆阔了

公社一百春秋祭

面对死者，生者只可素静

旅游气，什么都旅游气

埃菲尔的外孙买了尊小铁塔

噫，这个巴黎

再恶赖，离十九世纪近

别处更远更薄幸

从前的人，多认真

认真勾引，认真失身

峰回路转地颓废

塞纳河那边，那扇窗

居斯达夫·福楼拜家的灯

即使亮到现在

这笔电费我也付得起

波兰娇客琴罢一瞥

手套账单，马车开销

喉头感到干渴

开司米披巾确实奇贵

样样都弄得触目惊心

上个世纪的人什么都故意

自己真像浑然无知

巴黎精灵全靠这点神秘

人是神秘一点才有滋味

世俗如我，暗里

明白得尚算早的

无奈事已阑珊

宝藏的门开着

可知宝已散尽

1990

夜晚的臣妾

世界的记忆

臣妾般扈拥在

书桌四周

乱人心意的夜晚呵

1990

安息吧，仇敌们

世俗的功成名就
明显地有限度
即以其限度
指证着成功之真实不虚
既如此，我拆阅了纷纷的祝贺信
为层叠的花篮逐一添水

我不像一个胜利者
我的仇家敌手都已死亡、痴呆
他们没有看到我苍白而发光的脸
我无由登台向他们作壮丽演说
倒像是个失败者那样默默低下头来
安息吧，我的仇敌们

河边楼

潩绿小运河

岸畔瓦房栉比

芦苇丛中石阶

檐栏，盆盆红花

江南市郊每若此

予尝赁楼以安身

授业，鬻画，卒岁

五年如一日（如一宿）

清明时节，雷雨过

推窗风来蛙声满水田

爱，就抱着爱

夜夜欲壑难填

通宵灯明，肉体如管弦

润了这那又霑那这

餐胜恣覆

聆谀逞痴

浑忘计智愚良莠

有耽无类，隽才出少艾

田野里的麦芒呀

日照摇金，月笼流银

小石桥垲密约

河滩淤泥裸足搂行

我们以形骸为贽礼

确曾是，蒙昧的智者

喜怒哀乐皆可念

虽然我并未预知

青春是一去不回来的

春 汗

嫩寒风来

意绪怯生生

同样的季节

那时有条河

河边小楼

凭窗弥望田野

柳丛，竹林

农舍炊烟升起

我们在床上

天色还没夜下来

乡村总有人吹笛

我们穷

只此一身青春

我们在床上

檐角风过如割

凄厉，甘美

黑暗中笛声悠曼

香热汗体

我们在床上

小屋如舟

柳枝拂打窗槛

芦苇，芦苇

雨，我们雨

远江轮船冉冉长鸣

繁华人世之广袤

我们简素

我们在床上

格瓦斯

1959 年

北京

莫斯科餐厅

吃罢通心粉、奥洛夫小牛肉

添了一杯格瓦斯

在俄国小说中、苏联电影中

屡次见闻过格瓦斯

灰褐色，凉凉的，涩

一点也不好吃

平民性格，刚毅木讷

不仅爱，而且是爱上了

我们是小说的儿子

我们是电影的儿子

我们将要什么都不是了

想喝格瓦斯也喝不到了

人也在美国二十四年了

而我辈也曾有过青春

二战结束后的上海街头

充斥着美国的剩余军用物资

高帮结带的皮靴

是我一时之最爱

小罐的什锦起司

冷吃热吃都要得

巧克力，石硬，奇香

咬嚼起来野蛮文明兼而有之

试想，艺术学校天荒地老的宿舍里

吃美国大兵剩下来的饲料

读俄罗斯悲天悯人的长篇小说

八年离乱熬过去了

人躺着，两脚高搁床档上

满脑子意大利文艺复兴法国印象派

这便是我辈动辄大言不惭的黑色青春

美国军用物资——二战结束，如将此类物资运返美国，所费高于其价值，因此打成"救济包"拨给香港、内地。性质上属于联合国善后救济总署的范围。

点

夏日林中
那雀子
叫得剧烈
出了大事似的

午后
一匹奇异的鸟
在叶丛狂吠
是什么大事临头

没什么
没事
它已飞去
寂静成为谬误

1987

杰克逊高地

五月将尽

连日强光普照

一路一路树荫

呆滞到傍晚

红胸鸟在电线上啭鸣

天色舒齐地暗下来

那是慢慢地，很慢

绿叶蓁间的白屋

夕阳射亮玻璃

草坪湿透，还在洒

蓝紫鸢尾花一味梦幻

都相约暗下，暗下

清晰，和蔼，委婉

不知原谅什么

诚觉世事尽可原谅

1993

五月窗

五月窗，雨

湿黑的树干

新绿密叶

予亦整日湿黑

连朝无主地新绿

矜式于外表

心里年轻得什么似的

囚徒睡着了就自由

夜梦中个个都年轻

白发，皱纹，步履迟缓

年轻时也以为一老就全老

而今知道，被我知道了

人身上有一样是不老的

心，就只年轻时的那颗心

1996

赴亚当斯阁前夕

一些异味的

细点子忧悒

撒落门口

雀儿啁啾，飞走

天色渐暗

忧悒在

年年名缰利锁

偶值深宵

与少壮良友谈

那类谈不完的事

每次像要谈完它

因而倦极

因而无力成寐

良友似一本

平放的书

架上诸书也睡着了

常常是此种

不期然而然的橄榄山

现在变得

凡稍有幸乐将临的时日

便见一些细点子的忧悒

撒落门口窗口

现在变得

当别人相对调笑似戏

我枯坐一侧

不生妒忌

现在变得

街头，有谁拥抱我

意谓祝福我去

远方的名城

接受朱门的钥匙

我茫然不知回抱

风寒，街阔

人群熙攘

总之，庞贝册为我的封地时

庞贝已是废墟

如　偈

艺海如宦海

沉浮五十年

荣辱万事过

贵贱一身兼

我亦飘零久

移樽美利坚

避秦重振笔

抖擞三百篇

问君胡能尔

向笑终无言

楼高清入骨

山远淡失巅

人道天连水

我意水接天

肝胆忽相照

钟鼎永传衍

会当饮美酒

顾盼若神仙

被服纨与素

辒辌致而坚

窥户多魑魅

幕重岂容见

晚晴风光好

大梦觉犹眠

每忆儿时景

莲叶何田田

梦中赛马

成名，好像梦中赛马
成名是再要无名已经不可能了
回想过去的三十年、四十年
每秒钟穷困，每步路潦倒

阴霾长街，小食铺
几个难友用一只酒碗轮流喝
那种斯文，那种顾盼自雄
屡败，屡战，前途茫茫光明

每秒钟每步路都穷困潦倒
三十年，四十年过去了
成名，好像梦中赛马
再要隐姓埋名已经不可能了

失去的氛围

从前的生活
那种天长地久的氛围
当时的人是不知觉的

从前的家庭
不论贫富尊卑
都显得天长长，地久久

生命与速度应有个比例
我们的世界越来越不自然
人类在灭绝地球上的诗意

失去了许多人
失去了许多物
失去了一个又一个的氛围

农　家

农民的家
几乎不讲话

来了个客人
忽然闹盈盈了

大家都讲话
同时讲同样的话

西　湖

掠明末王思任句

西湖之胜

水明山秀

朝暮抑扬

四时宜人

涌金门苦官皂

钱塘门苦僧、苦客

清波门苦鬼

微步岳坟苏堤

孤山断桥尤足留恋

可厌徽贾

重楼架舫

优喧粉笑

势利传杯

所喜野航双棹

坐却两三

侣同鸥鹭

或柳荫鱼酒

或僧堂饭蔬

可宿可信

不过一二金而轻移曲采

尽西湖里外之致也

少年朝食

清早阳光

照明高墙一角

喜鹊喀喀叫

天井花坛葱茏

丫鬟悄声报用膳

紫檀圆桌四碟端陈

姑苏酱鸭

平湖糟蛋

撕蒸笋

豆干末子拌马兰头

莹白的暖暖香粳米粥

没有比粥更温柔的了

东坡、剑南皆嗜粥

念予毕生流离红尘

就找不到一个似粥温柔的人

吁，予仍频忆江南古镇

梁昭明太子读书于我家后园

窗前的银杏树是六朝之前的

昔南塘春半、风和马嘶

日长无事蝴蝶飞

而今孑身永寄异国

诗书礼乐一忘如洗

犹记四季应时的早餐

若《文选》王褒之赋曰

良醹醹而有味

美粥岂易得	煮粥犹填词
稀则欠故实	稠则乏情致
精明李清照	少游受评嗤
我谓秦七粥	稀稠亦由之

拥　楫

越有舟子

拥楫而歌

今夕何夕

搴舟中流

今夕何夕

王子同舟

蒙羞被好

不訾恥垢

心顽不绝

得知王子

山有木兮木有枝

心悦君兮君不知

王子投抱

绣被覆之

被涌如云

情霈如雨

今夕何夕

与子同第

今夕何夕

与子同体

悌润恺奘

南风乐至

信流涣涣

莫知所止

公元前五百二十八年，楚国令尹鄂君
子皙举行舟游盛会，越人舟子拥楫作
歌，以表无上之景慕，盖诗三百篇中
洵多至情至性之咏，犹未见郁勃狂放
一往无前如此者。夫道，有以死殉，
有以生殉，而情，亦有死殉生殉之抉
择，草泽榜人，诸侯卿首，相去何啻

天壤，此则至诚而无畏，彼则挺身以酬德，大勇大仁者也。想见昼光之下，新水之湄，众目睽睽，虽千万人我爱矣，岂不壮哉。舟子妙善倾吐，直赴性命，王子采烈兴高，毋妄矜贵——无论何种模式的爱，心正意挚，皆现世福谌之由来也。鉴乎今人涉恋，动辄猥琐儇佻，鬼蜮伎俩，那末古人确凿是爱得光华澄澈，元气淋漓了。《说苑》以此歌列入"善说"章，自"今夕何夕"至"心悦君兮君不知"讫止十句，继述"王子上前拥舟子入怀，举绣被以覆之，交欢尽意"——今概饬为四古，复于歌后广十二句，推向童话式的迷离消失……篇终抚卷，轩渠如释重负。

英　国

在乡野
圆月
耀眼地亮

月光下
草坡上的羊
稍稍靠拢着

我问
大雷雨，羊呢
都没回答

英国人爱马
我爱马也爱羊

绿茵上的白点点

昨晚大雷雨
四野闪电
想念李尔王

羊和李尔王
在雷雨中叫
叫了很久

丘陵横亘
苍翠宁静
无过，也宜思过

阴阴的天
橡树王国
壮志未酬似的景色

1994

大 卫

交给伶长
用丝弦的乐器

莫倚偎我
我习于冷
志于成冰
莫倚偎我

别走近我
我正升焰
万木俱焚
别走近我

来拥抱我
我自温馨

自全清凉
来拥抱我

请扶持我
我已衰老
已如病兽
请扶持我

你等待我
我逝彼临
彼一如我
彼一如我

1990

芹香子

你是夜不下来的黄昏

你是明不起来的清晨

你的语调像深山流泉

你的抚摩如暮春微云

温柔的暴徒，只对我言听计从

若设目成之日预见有今夕的洪福

那是会惊骇却步莫知所从

当年的爱，大风萧萧的草莽之爱

杳无人迹的荒垅破冢间

每度的合都是仓猝的野合

你是从诗三百篇中褰裳涉水而来

髡彼两髦，一身古远的芹香

越陌度阡到我身边躺下

到我身边躺下已是楚辞苍茫了

1995

歌　词

你就像天空笼罩大地

我在你怀中甜蜜呼吸

你给予我第二次青春

使我把忧愁忘记

我是曾被天使宠爱过来的人

世上一切花朵视同尘灰

自从我遇见你

万丈火焰重又升起

看取你以忠诚为主，美丽其次

可是你真是美丽无比

你燃烧我，我燃烧你

无限信任你

时刻怀疑你

我是这样爱你

1975

眉　目

你的眉目笑语使我病了一场
热势退尽，还我寂寞的健康
如若再晤见，感觉是远远的
像有人在地平线上走，走过
只剩地平线，早春的雾迷濛了
所幸的是你毕竟算不得美
美，我就病重，就难痊愈
你这点儿才貌只够我病十九天
第二十天你就粗糙难看起来
你一生的华彩乐段也就完了
别人怎会当你是什么宝贝呢
蔓草丛生，细雨如粉，鹧鸪幽啼
我将迁徙，卜居森林小丘之陬
静等那足够我爱的人物的到来

1996

五　月

你这样吹过
清凉，柔和

再吹过来的
我知道不是你了

脚

别支撑，莫着力

全身覆熨在我胴体上

任我歆享你的重量，净重

你的津液微甘而荽馨

腋丝间燠热的启示录

胸之沟，无为而隆起的乳粒

纤薄的腰腹却是遒劲之源泉

再下是丰草长林幽森迷路了

世俗最不济的想象是美人鱼

那是愚劣的，怎可弃捐双腿

我伏在你大股上，欲海的肉筏呀

小腿鼓鼓然的弹动是一包爱

脚掌和十趾是十二种挑逗

最使我抚吻不舍的是你的脚

1996

如 歌 的 木 屑

我是
锯子
上行

你是锯子
下行
合把那树锯断

两边都可
见年轮
一堆清香的屑

锯断了才知
爱情是棵树
树已很大了

J J

十五年前
阴凉的晨

恍恍惚惚
清晰的诀别

每夜，梦中的你
梦中是你

与枕俱醒
觉得不是你

另一些人
扮演你入我梦中

哪有你，你这样好

哪有你这样你

以云为名的孩子

四月四月想起你
时时路遇樱花

从前，每日樱花下
谈几句，就散

你颟我一宵
闪避我七天

七天后，你
若无其事地泥上来

樱花盛开即谢
你的事，总这样

四十六年游去

你若记得，也不是爱

自己太俊

不在乎别人

偏偏是你的薄情

使我回味无尽

1994

雅诩撰

冬天已去

阴雨消退

我骑着骏马

涉河而行

愿你知我前来

我思爱成病

春风扇扬

花木如锦

容我见你面貌

聆你嗓音

你的嗓音柔和

你的面貌秀媚

无花果红熟

葡萄发着芬芳

青草为榻　柏树为帐

莫要惊动

莫要唤醒我爱的

等伊自己愿意

我良人

我爱

我的佳偶

你美丽　全无瑕疵

你舌下有蜜有奶

你的脚趾使我迷醉

将我按在心上

犹如朱红的记印

题在你臂上好似刺青

我每夜来

像羚羊小鹿

欢奔在乳香冈上

天起凉风
日影飞去
我们快要离别
我将再来
左手放在你头上
右手将你抱起

十四年前一些夜

自己的毒汁毒不死自己

好难的终于呀

你的毒汁能毒死我

反之，亦然

说了等于不说的话才是情话

白天走在纯青的钢索上

夜晚宴饮在

软得不能再软的床上

满满一床希腊神话

门外站着百匹木马

那珍珠项链的水灰的线

英国诗兄叫它永恒

证之，亦然

干了等于不干的杯才是圣杯

太古，就是一个人也没有
静得山崩地坼
今夜，太古又来
思之，亦然
静了等于不静的夜才是良夜

春　寒

商略频频

昨我

已共今我商略

一下午一黄昏

且休憩

且饮恒同室温的红葡萄酒

独自并坐在壁炉前

凝眸火的歌剧

明日之我

将不速而至共参商略

那件事

那个人

那是前天定夺了的

爱或不爱

五岛晚邮

十二月十九夜

我已累极

全忘了疲惫

我悭吝自守

一路布施着回来

我忧心忡忡

对着灯微笑不止

我为肢体衰殚而惶惑

胸中弥漫青春活力

你是亟待命名的神

你的臂已围过我的颈

我望见新天新地了

犹在悬崖峭壁徘徊

虽然，我愿以七船痛苦

换半茶匙幸乐

猛记起少年时熟诵的诗

诗中的童僧叫道

让我尝一滴蜜

我便死去

十二月廿八晚

每次珍重道再见

昨晚，我悄悄遁去

待你察觉我已走了

起一瞬永别之感

你会猜知我在后悔

你猜知了

我的后悔便终止

又无悔地向你行来

不成文的肌肤之亲

太可能毁掉

你金字塔内的我

近月以还，憬明，迷茫

骤浓骤淡的悲喜交替

废园中枇杷花药性的甜香

严静，夕阳之美

以及我爱你

明知站在深渊边

一旦你摈我，弃我

也是福了的

不能爱，能思念

人被思念时

知或不知

已在思念者的怀里

自踵至顶的你呵

安息日，小径独步

枯枝刺满蓝空

树下一摊一摊残雪

滋润的寒风拂面

真愿永生走下去

什么也没有

就只我爱你

伤翅而缓缓翔行

除夕·夜

本年的晴朗末日

从别处传悉你的心意后

换了另一种坐立不安

飘坠般循阶下楼

投身于晼晚的寒风中

路上杳无行人

黑树干后遥天明若鎏金

斜坡淡红衰草离离

无叶的繁枝密成灰晕

邻宅窗前飘悬纸灯

门槛下铁椅白漆新髹

掌心烟斗鸟胸般的微温

两三松鼠逡巡觅食

远街车马隐隐驰骋

有你，是你

都有你，都是你

无处不在，故你如神

无时或释，故你似死

神、死、爱原是这样同体

我们终于然，终于否

已正起锚航向永恒

待到其一死

另一犹生

生者便是死者的墓碑

唯神没有墓碑

我们将合成没有墓碑的神

一月三日

何谓红尘历劫幸存者之福

忆往事，悲恸淡如野墟炊烟

何谓离群独归驱车若飞者的喜乐

为你，我甘忍凄怆，满怀熊熊希望

壮丽而萧条的铜额大天使啊

也许我只是一场罗马的春阴暴雨

还有几次，多少次，如昏沉昨夜

我举步维艰，沿城而行而泣而祷

先是你，绝世的美貌惊骇了我

使我不敢对你的容颜献一颂辞

怕你怨我情之所钟仅在悦目

崇敬你吐属优雅动定矜贵风调清华

无奈每当骤见你的眉目鼻唇

我痴而醉，喑而聩，直向天堂沉沦

一月六日

你尚未出现时
我的生命平静
轩昂阔步行走
动辄料事如神

如今惶乱，怯弱
像冰融的春水
一流就流向你
又不知你在何处

唯有你也
也紊了，懦了
向我鄰鄰涌来
妩媚得毫无主意

我们才又平静
雄辩而充满远见

恰如猎夫互换了弓马

弓是神弓，马是宝马

一月十日

梦想的是

在你这里，某夜

面对歌剧中聆到过的

百转千回直透天庭的一颗心

灵魂像袋沉沉的金币

勿停地掏出来交给情人

因为爱是无价宝

金币再多也总叹不够

一月十二日

遇见你后

情欲的乌云

消散殆尽

我对自己说

看这最后的爱

爱是罪

一种借以赎罪的罪

（拿撒勒人知道

且去做了）

噢拉比

我细小细小

只够携一个选民

拉比笑了，说

天国的门犹如针孔

两个孩子骑着骆驼

也可双双穿过针孔

（那时的我

独占你瑰玮的肉体

在驼峰之间

天国门口）

同　前

你是真葡萄树
我愿是你的枝子
枝子不在树身
自己无能结果

你是真葡萄树
我将是你的枝子
结果甸甸累累
荣耀全归于你

你是真葡萄树
我已是你的枝子
枝子夜遭摧折
旦明茁绽新枝

你是真葡萄树
请你把不结果的

那些枝子剪去

使我结果更多

一月十六日

清俊的容颜

富丽的胴体

这次是你作势引我抱你

明知一旁有人伏案假寐

我至今以为彼是你的幸臣

你张臂促成我上前紧搂偎熨

真没料到我的情敌败得那么快

是第二度吻于你胸口

仍是那位置，更低了些

像历尽风波的船

靠着了玉崖琼林的港岸

此番我不再忧虑冒犯了

知你喜悦我的顽劣

勿以我崇恋你的形姿为忤逆

我呀并非来自神话的苍穹

我自纸质发黄的童话插图中来

背上有椭圆透明的小翅的

那种笑盈盈的月夜飞行物

雅不欲进天堂入地狱

惯在草茵花丛间闪烁漫游

做点好事，捣点蛋，无影无踪

哈尔茨山的兄弟呀

他黠巧如羚羊，弹琴而歌唱

我愿吻你，你莫畏惧

吻后我便走，不会再来

是故你莫畏惧，让我吻了这次

露西亚的兄弟呀

也不要世界的夸奖

在条条生命的田垄上

禾秸似的人转瞬被刈光

夏天往往有这样的情景

涅瓦河夜晚的晴空

异样的幽辉异样的沉静

回忆起畴昔的幸福

虽已淡漠，却又伤心

夏夜以它良善的清风

使我们默默遐想

恍如一囚徒

在乱梦中倏而出狱

飘向草原森林

幻想就是这样领着我们

重返青春年代的新鲜早晨

我爱你，不再离舍了

诚如脱笼的莺鸟

掠入郁郁馨馨的森林

我誓作你忠烈的守护神

你双目惺忪地喃喃

我应和，犹如谷底回声

突然我转身从楼梯盘旋而下

不见涅瓦河

也非良善的夏夜

街上寒风扑面

辉煌的橱窗连成一片
玻璃和镜面布满我的笑靥
首饰店灿若群星的陈列
何者宜作我婚礼的指环
圣母院神龛的烛光呵
为我证见迟来的滔滔洪福

十八日

低着头款款款款走
不理谁个美谁个丑
脚下溶漾温软的云
彳亍在云的大漠上
路人再陋也不足嫌
再艳再媚也不足羡

款款款款低着头走
猛省这是颓丧的步姿
人们见了会慨然想

一个凄凉无告的病汉

哪知我满心洪福

款款独行，才不致倾溢

廿一日

明天又明天

时而昂奋

时而消沉

明天又明天

回想往日平静

如澄碧长空

把事业的五色风筝

奔跑着引高送远

如今手执风筝的牵线

抬头只见你的容仪

每当我稍萌怨怼

便越觉得你才是我的爱

你带给我汹汹的生

我自心一再涌现死

渴望无遮碍之夜

畏惧狎习后的荒凉

你是圣杯旨醴

禁饮的诫令由我宣颁

今夕又诉以宏大计划

你频频颔首双目晔然

毫不知我为你燃烧

底层一片彻骨的冰

在死的冰上

起爱的火灾

就因你已是实体而非幻影

才使我踬倒不能复起

一月廿六日

如拱门之半

我危弱欲倾

如拱门之另半

你危弱欲倾

两半密合而成拱门

年华似水穿流

地震，海啸

拱门屹立不动

众人行过，瞻仰

勿知是两个危弱之一体

离开我

你便倒塌

离开你

我犹独存

哦，并非独存

又有一半来与我密合

拱门下不复有年华穿流

是故你莫离开我

要知你的强梁在于我

皆因我的强梁在于你啊

二月十四日

愈近你

愈勿明你是谁

已是这样近了

我退不回来

仆在宝藏门口

还得挣扎起身

自己殡敛自己

去国十载，岁月怡静

遇见你，初初一惊

只是飘忽的身影

生涩微甘的目语

无损我宿葆的水木清华

讵料霎时云蒸霞蔚

我如踉跄中酒

郁郁沸沸不舍昼夜

披上海蓝外套

八颗纽上八只锚

直立的锚无为而端丽

你自称水手称我船长

我愿最后一个离船

或与船同沉海底

航向拜占庭，航向巴比伦

从来不靠陌生人的慈悲

除非我伪装恬漠

握瑾怀瑜繁文缛节

御香缭绕间雍雍穆穆

由你诧异古国的王孙

狂放善辩忽焉守口如瓶

把满绣祥麟威凤的锦袍

挥手投之檀香烈火

青焰蹿起杳无余烬

分道时你说，永远记得

记得什么，都是虚空，捕风

你向西驰，我策骑往东

疲乏，焦渴，送葬归途的心情

危楼萧索，呆愕的灯

壁炉中湿柴嘶嘶如蛇鸣

脱落长靴跌倒在床上

周身冷汗无力再起

先知们最惧怕的胃痛摧醒了我

灼热的怀表，凌晨四点

并非大难，熄灭爱，还复详贞

你是春晖中阿尔卑斯山

我并非跃马亲征的帝君

这垂死的牧人，羊群尽散

犹在你苍翠的麓坡吹笛

黎明，人影不见，笛声永绝

周年祭

夜雨凄迷

壁炉火色正红

记忆在

世事俱在

犹如多帆的三桅船

爱者（死别的，生离的）

——斜倚舷栏

回望，无言

往日衣履

往日笑颜

夜雨中，曳着音乐

徐徐向黑暗驶去

1988

我至今犹在等候

驿马车行业中

特快马车的出现

使时间再度缩短

当年，能与驿马车争锋的

就是邮便马车

车上除了邮件也载旅客

此外，还享有特权

任何车马挡道，必须让路

车掌兼保镖

佩戴枪支，以卫护邮件和旅客

　　　　　我所等候的就是这样送来的一封信

论 陶 瓷

愿得

陶一般的情人

愿有

瓷一般的友人

1994

III

中世纪的第四天

三天前全城病亡官民无一幸存
霾风淹歇沉寂第四天响起钟声
没有人撞钟瘟疫统摄着这座城
城门紧闭河道淤塞鸟兽绝迹
官吏庶民三天前横斜成尸骸
钟声响起缓缓不停那是第四天

不停缓缓钟声响了很多百十年
城门敞开河道湍流燕子阵阵飞旋
街衢熙攘男女往来会笑会抱歉
像很多贸易婚姻百十年前等等
没有人记得谁的自己听到过钟声
钟声也不知止息后来哪天而消失

圣彼得堡复名

像一九一七年底

彼得堡店铺橱窗里

那块腐败的蛋糕

难得固然是难得

算什么呢

其时，这批会生活的俄国佬

手制出特种小火炉来

诨名"细蜜蜂"

讲究些的竟也能焙烤

咖啡渣做的薄饼，甚至鱼饼

还有叫作"霎眼者"的灯

一个铁皮罐子

盛了葵籽油，安上纱芯

就此得到半壁惨淡的光

而今一九九一年十月
撩起这类事，才真有点儿意思
噢噢，战神广场，天鹅桥
夏花园，汹涌墨黑的涅瓦河
我的圣彼得堡哟

巴黎暮春淡蓝烟雾
香草味的宁静，忧郁
溪水淙淙流过街边
去你妈的
去你妈的爱不爱
做犹太人，做布尔什维克
腌猪肉，熏鳗
泥坛家酿伏特加，杂煮蛋
克鲁泡特金想充 Saint Nicholas
鹿橇上装的是天堂老牌田园梦
一无阶级，二无政府
尽是诗，尽是罗曼蒂克的疙瘩
什么，什么

基本动力首在对人类的爱

普希金偏心于布加乔夫

司京卡·拉辛，俄国史上

最解风情的一位壮士

拜伦却眷昐乌克兰，乌克兰的

哥萨克军领袖玛士帕

噢噢噢，克鲁泡特金式的暖房

屠格涅夫型的年轻妻子

暴风雨过去后

小屋檐前一潭阳光闪烁的积水

鹰隼在蓝空回翔悠鸣

樱桃沉甸甸

伊凡，伊凡

阴霾漂亮的脸

髭须是玫瑰色的

聪明绝顶的人才会说

只有非常狂热非常残忍的家伙

方能生出这种玫瑰色的髭须

捷克农民在饲养圣诞节吃的鹅时

嘟囔道，最肥一只要留给俄国人

今年伊凡不再骑坦克来取肥鹅

随你怎样说

作为冬季情夫，伊凡是够味的

从薄伽丘的后园望去

柏林墙拆毁有感

从薄伽丘的后园

便可望见文艺复兴已隐现在

花市情人们的决心里

立志不再屈辱于黑暗愚昧

用官能的新法，去抵触，反抗

南欧北欧，都一样

为了忘却和修复

忘却业经身受的罪恶

修复中古人破碎的心

一个贵女辩解道

我，我们这样躲到乡间来

在此地可以听到鸟的叫声

看见绿的山野，海浪般涌动的麦田

深深浅浅各色乔木灌木

我们又可以远眺广袤的天空

难道，难道不胜过污秽的街道

阴闷的斗室，荒凉的城堡

正是这样，薄伽丘，妥玛肯比斯

都想从自己内心起

凭借与天主的神交

整合普遭凌迟的精魂

知道花市情人们都下了决心

其实自己先下了决心

在后园，踮足引颈，已望见"再生"

1989

夏夜的精灵

因为今晚是个夏夜那末当时也是个夏夜
将被风议的人曾经住在浓荫中的屋子里
于是仍然要从浓荫中徐徐伊始，
惯说这里秋天怎样冬天春天怎样而夏天
草木更其绿得好像要出什么事，
学生度假去了教授户外走走滞缓的步履
在曼哈顿大道上是不谐的衰象在常春藤
学府的小径上是知识沉淀的重量。
夏天的普林斯顿一幢幢楼一棵棵树依旧是
一口不必再敲的钟一个坐着阅读
金属新闻纸的金属人还有一条凡是大学区
就天然会出现不计长短的温和的街，
商品从来不廉价所以不致觉得有何昂贵难受
沿街橱窗陈设稀朗无致蒙着淡淡的尘粉

94

玻璃翳一层如果没有也并不就好的私淑疏离，

那是指粗呢男上装单件的春秋咸宜的男上装

向来配之法兰绒裤或灯芯绒卡其裤也可以

昼间便服上课穿旅行穿大学生最为适龄，

基本色调是灰然后青灰栗灰紫灰

然后青灰为主则夹入栗灰紫灰，然后

紫灰亦可为主那么栗灰青灰从而辅之

或斜纹或直楞或十字织或人字织有何可笑，

可笑的是父亲舅舅父亲的舅舅和舅舅的父亲

如果他们大学时代的上装还保存在箱柜里

它们就是这样的配色这样的织法，

可笑1是此类配色织法何以代代流行

人人引为新颖时髦2是比较每时期配色织法

乍看颇相近似细辨很不尽然3是距今愈近

愈见配色交织的机巧恣肆4是裁剪款式缝工

变化改革是在冥潜中悄悄地渐进

从未见刚愎自命不凡决裂性的突然转向，

远眺的纵观是诸范例周而复始却非世袭原样

各自增添点减少点夸耀点含蓄点不止不倦，

亦有明明劣败的范例竟会流行一时

流行过了才看出诞谩当然已经是前尘旧梦了。

普林斯顿小街的橱窗中的粗呢男上装

虽则四十年前六十年前也是青灰栗灰紫灰

贴袋线袋狭领阔领单叉双叉两纽三纽,

虽则都脱离不了去之又来僵而复苏的总谱

无疑越变越伶俐越容易过时越不求耐穿

以示了悟服装莫须传代那是平民皆知的明哲,

不讳言确是比父亲舅舅和父亲的舅舅的

霉了蛀了樟脑味刺鼻的纪念品要舒服漂亮多了,

就只爱因斯坦不修边幅是因为早晨没有名望

穿着讲究也无人注意中午声誉既大事烦食少

傍晚有种种轶事在背地里飘摇起来,

说什么层次过于繁复的芸芸众生只听俏皮话

箴言者无非实心话俏皮说才会昔在今在永在,

所以每天都是圣诞节每天都是愚人节

上午清扫愚人节下午圣诞节的钟声飞扬

节日中品评不定的是物理学家和其他学家

如果后来未必借艺术品亦当作艺术家论
才是本世纪最难忘怀的智者中的尤物。
普林斯顿附近的松鼠野兔浣熊和泡菜寿司
不算有学问而楼的投影树的布叶很有学问
爱因斯坦的发和脸烟斗和羊毛衫很有学问
学问的样子凝聚为道德的样子酥化为慵困
他老了宁可被窗外路人反讽为犹太迂圣，
物理不复在怀他日益缩小躯体缩成一句话
工匠把这句话铭刻在演讲厅的壁炉上方
逗得见者大为动衷"真理并非不可能"，
一句话被精致雕凿起来势必成了一个弥撒
做罢弥撒步出演讲厅游目于诸楼之外观
那墙面糙石也是青灰栗灰紫灰的复杂混合
服装商与建筑师不谋而合得如此之早
早知智慧的表象无以从黑白无以就三原色。
去年用过的笔记本今年翻到了那么一行
法国人大体上知道自己说的话是什么意思
自忖去年不可能竟有这样轻率的判断
当爱因斯坦赞美起法国人罗曼·罗兰来的时候

中国人只好离开客厅到走廊上去暗笑抽烟。
普林斯顿唯一则通道略具中古经院遗馨
入口的拱形门楣上有石质高肉浮雕人像
浮雕头顶皑皑白色是新积的或残剩的雪
俄而辨识这夏季的雪实乃鸽粪的宿垢，
雪与粪恒分两个概念可见错觉仍属于感觉
那句铭在演讲厅壁炉上方的箴言之所以
引人动衷是否仅仅由于隶属感觉的错觉，
相继经过这壁炉前的人肃穆凝眸覃思
有谁知晓"真理并非不可能"是第二句
第一句不见了除非出现在别的壁炉上方
那就未必是犹太族高卢族华夏汉族说的了，
任何演讲厅的壁上拒刻一句愚蠢残忍的话
怀着这句话施施然步出浴入仲夏阳光薰风中
芳草如茵行过校长的住楼校长后来不住在里面。

如茵芳草徇着石阶伸向小小花园不会有
愚蠢残忍的话僻匿在以"远景"为名的园内
喷泉作中心畦圃于是环形分支成蜿蜒幽径，

神异的是四周群植的绿树协力来营造奇象
园子小小周围直耸的树就表示很高阳光要从
树顶射下来散在喷泉上这样整个园子就很亮，
周沿森森林薮巨屏似挡着很像外面没有阳光
外面很暗很荒漠唯独花园实在很清晰而葳蕤，
夏季草花中杂着原系春事意犹未央的姹紫嫣红
小孩和妈咪爹地在畦圃幽径间移动叫唤
为主的仍是丛丛簇簇穗穗的夏令草本花，
花的第一性是色别的颜彩比不上才叫作花
此时普洛斯佩小园反而像夏季才是花的盛期
春天何能如此时的卉木苍翠得发乌发晕
所以阳光故意银亮地射下来也不致耀目，
园子处于洼地石级不多也已经明显洼地了
上有方方的敞轩从园中回望便需稍作仰视
三面透底的玻璃墙内的人的脚都看见，
几许男士端坐长桌边于是桌布洁白极了
隐隐绰绰饮酒交谈状如静待什么出现
真的出现披纱曳裙的女子从这端步到那端，
应是婚礼或礼后庆宴隔着玻璃更其勿闻声息

和箴铭同样的并非不可能结婚并非不可能，
同样前有一句或后有一句是很愚蠢残酷的
新郎新娘矢不吐露犹太人法国人都这样
中国人大体上都知道自己不说的是什么意思，
愚蠢的残忍的话被修长苍翠的树屏挡在外面
至此阳光便异常银亮毫不刺眼从树巅洒下来
犹太旋律说"并非不可能"阳光率领喷泉
花卉孩子妈咪爹地新娘新郎并非结婚不可能
真理并非不可能统一场并非并非不可能
夏天的夜晚四顾无人擦一根火柴并非不可能。
另一句以德文刻在琼思楼中的犹太旋律
宜于作演讲厅内的箴铭的莞尔注脚
"上帝是狡黠的但它并无恶意"
托马斯·阿奎那的书置于天平仪的一端
另一端取薄纸写上这个用德文作的犹太旋律
单凭狡黠恶意两词的分量已够压下来不动了，
这又何能开脱眹霎眼睛暗递讽嘲的嫌疑
犹太迁圣是狡黠的但他并无恶意亦何能自解

徒使别的狡黠者引上帝为同调而伪装无恶意，

即使是黑格尔逻辑学中的那个卖鸡蛋的妇人

自以为有法子能使上帝欢欢喜喜买走臭鸡蛋

好了罢每天都是圣诞节每天都是愚人节。

此时普林斯顿夏色未阑白昼蝉嘶入夜宁静

爱因斯坦点燃烟斗要用的那种木梗火柴

明月当空林薮中的暗屋火柴划亮又吹熄了，

纸片七页烧三页留四页或烧四留三都是狡黠的

七页纸上的方程公式符号一旦落入魔王之手

小花园孩童妈咪爹地新郎新娘粗呢上装全不见了。

七页纸片非毁不可留给五千年后的信非写不可

怎敢把纸片密藏在银行保险柜中约定何年公开

各国间谍都将力夺智取这道现世最大的灵符秘箓

狡黠的国王们发誓攫取这把无门不开的金钥匙。

纸片捏皱成团抛入壁炉一个先燃很快延及其余

七个纸团同时蹿起火焰同时萎落为灰烬。

童话中的精灵和仙子每当夏夜明月东升

飞来飞去漫游巡礼窥见一个蓬发的老人

老得夏天也要生火炉因为精灵仙子很好奇

喜欢随时发问它们从来没见过夏天壁炉生火

闪亮在普林斯顿夏天的壁炉也并非不可能。

1990

末度行吟

一个幽灵，又在欧罗巴游荡

饥了食，渴了饮，累了坐倒路畔铁椅上

绿荫如盖，繁花似锦，行人止步凝望

听我弹琴吟唱，从前这里是怎生风光

哦城市，从前城市是个要塞，四周设防

碉堡，壕沟，瞭望塔，巍峨高墙

险凛凛的吊桥起落按时，嘎嘎作响

街道很少有直的，屋舍乱得颠沛仓黄

楼房，上层凸出，再上，又凸出

簇耸尖顶、棱角，兀自得意洋洋

看是果然好看，下面街道，终年不见太阳

石与木的世纪啊，民宅以木为主

火灾乍起……一片悲惨的辉煌

街道底层堆积货物，毗连都是商行

路口叠满包件箱筐，交通怎能快畅

就是地窖子，也把甬道伸到街中央

满街泥泞，不着木屐真够狼狈相

噢，烟囱，烟囱从来没有见过

家家门前干粪高垒，如丘似冈

庭院总有一口枯井，造井的年月不详

垃圾，秽物，死猫死狗……

往街上扔，扔，扔出便算清爽

牛羊猪鹅在街头缓步，见门即入

失主随时找上门来，宛如讨账

屋顶用草茨铺盖，三年五载更张

窗棂糊层油纸，要不就用破布一挡

夜来了，没有街灯，商店黑沉沉

室内羊脂烛只够半壁昏然照亮

夜行者要么自己提着灯笼低头走

要么出钱雇个持火把的瘦骨小郎

九点钟之后，都睡了，细听鼾声已响

剩下流浪汉、剪径贼、醉鬼、赌徒、迷娘

白天可真热闹呀，摩肩接踵，熙熙攘攘

有的用秤称，有的用尺量

有的巧言挑逗，有的恶语冲撞

俄而金钟大鸣，传来一片颂赞合唱

斧声、刨声、钻声，那是露天工厂

兽蹄达达车轮隆隆，小贩全凭一条好嗓

从针线到马缰、投石带、锁子甲、长短镖枪

逐件逐件叫出来，打动买主的心房

那年月，大家起得可早呵，夏天四点

冬天五点，下午三点歇工，闲逛

麦饼烤得正好，腊肠煎来油汪汪

商店喷出酸臭的热雾，缭绕有似密网

木材煤炭蒸烧所的焦味使人咳呛

瓜果、花卉、菜茎，连片霉烂在路旁

教堂飘出缕缕青烟，甜涩的异香

各种气味分得清，又混得迷离惝恍

邮件托给运送鲜肉的马车，车大骎骎

肉商资本雄厚，信用稳当

人们都以为正在享受舒泰、福祥

毡毯铺地板，花纸糊壁圹

瓷盘中放个雕刻杯，或壶或罐或缸

富家的厨房，铜锅白锡器皿闪闪生光

床是宽的，被褥已知用禽类的羽毛入囊

还有个华盖、暖阁、绸幔罗帐

就是不知道睡衣这么回事，不知道

男女老小都像脱壳的肉虫，蠕蠕爬上床

进食的叉子尚未发明，肉，预先切成小瓤

要不自己割了，用手指送入口腔

每个体面的家庭，鸟笼高挂，花盆稳放

花盆、鸟笼，是显示身份的徽章

画片是奢侈品，生怕败坏贞德伦纲

因之到处都是画片，暗地里纷纷洋洋

耳房，当时叫它臭间，天然肮脏

最为大众关注的首推公共澡堂，国是一桩

那里方才是社会，都要到那里去露露锋芒

吃点心，饮酒，奏乐，谈判婚嫁事项

财主在自置的浴室招待宾客，才算堂皇

舞会，箭赛，星期二忏悔日，中夏节

王侯的幸临增加不少话题，传遍街巷

教堂的圆顶主宰着白云苍穹

市府礼堂两面都有彩色玻璃长窗

四周是谷物交换所、布业商场、鞋业商场

贸易中枢，却在乡村寺庙的那厢

大的寺庙住着好几百人哪，什么人呢

不单是僧侣，还有小学生、游民和流氓

还有只待救济的凡夫俗子，枵腹枯肠

育马场、牛奶棚、羊圈、制酒局、面包烘房

马鞍匠、修鞋匠、浆洗匠、造刀匠、五金匠

还有果木园、菜畦、培植草药的专坊

新教徒训练所、刺血和涤净所，讲学的回廊

香客的宿舍、鳏寡孤独栖身的简陋寮仓

这些人哪，来自四面八方，穷乡僻壤

罗马的伟大道路已衰败得难认去向

可走的只有较宽的田野阡陌，总要运粮

人的足迹，车的辙痕，后来可循既往

虽然崎岖曲折，众生络绎不绝，项背相望

僧侣、修女、教师、学徒、佣兵、镖客、明妓、暗娼

传道士灰袍沉垂，鞭笞教徒苦行宏扬

巡回的优伶逗人嬉笑，贪婪的坐贾兼作行商
觅宝者虔诚而狡诈，犹太佬阴鸷而安详
高加索无赖，江湖郎中，伏魔法官装模作样
内地香客一脸正经，斜眼看人不慌不忙
那手持棕榈者已到过圣地，急于还乡
乞丐花样多，有的把傻卖，有的把疯装
有的染红衣袖，吊着绷带，活像新遭重创
也有佯闭两眼举杖叩路，可怜瞎子无依傍
几个残肢孩童跟着女雇主，一路哀哀叫娘
还有滑稽演员、丑角、侏儒，故作踉跄
走绳索的、变戏法的、动物腹语的
吞火的、饮剑的，说起来都是盖世无双
啊，行行日暮，总得寻找旅店的招幌
来到门前喊了又喊，才有人开窗搭腔
行李货物自已搬，店伙不肯相帮
一间生火的大屋，近百个旅客嘟嘟囔囔
旁边有个小室，脱换衣裤，不致鲁莽
生意兴隆，招待周到的首要标志是
每个旅客脸上身上都有汗水涔涔下淌

假如谁把窗户稍开，虚一缝

立刻有人大叫闭上，闭上，没话好讲

混乱中必有野汉小丑出现，仿佛破空而降

此种脚色最受宠，闹得头昏脑涨天老地荒

睡觉的角落，在墙壁凹处，刚够躯体安放

床上只有被单，六个月前洗过，何必撒谎

明朝起来，正如好船坏船总得解缆起航

人人都喜欢联合，先谋生存，再谋进天堂

盗贼协会、乞丐同业公会、邪教联谊会

娼妓和癞病者也有公会，会员应召如响

更有戮力反对发誓，专门祝福健康

那时候即使上等人，也信口发誓，出声琅琅

当面打嚏打呃，概不道歉，顾盼如常

男子穿戴，赛如土耳其雄鸡，斑斓轩昂

心照不宣的选美，中选的美女大抵魁梧肥胖

饮食势必是粗俗的，说来别嫌荒唐

肉桂、胡椒、豆蔻、丁香、番红花、生姜

无区别地投入肴浆，谁也不会懊丧

把胡椒和蜜糖掺和了涂烤面包

109

作为正餐中的点心，居然大受欣赏

开个菜单来看看吧，事情倒也毋须勉强

第一道：鸡蛋用蜂蜜番红花炒，再加酒酿

稷米，梅子烧雏鸡，葱包羔羊

第二道：炸鲷鱼，葡萄干油煎小鳌

萝卜焗家雀，胡瓜炖猪膀

姜片煨海鳗，芥子烹青鱼，连汤

或许，再开一张，姑妄听之，听之姑妄

第一道：杏仁粉焖羊肉，膻腥中夹着清芳

烤乳猪或烤鹅，榛栗百果填膛

第二道：糖米饭，炙鹿肉抹满辣酱

盐渍鳟鱼，由阿月浑子搭档

煮鲤鱼，或棱鱼，真像糨糊，太像

吃的当儿各选各的，也有饕餮家全份上飨

这些菜的配合真不雅驯有欠端庄

说到白糖，那时候价格高昂列为珍藏

青豌豆是难得有机会少量品尝

最爱饮酒，啤酒尤其兴旺，招饮呼啸若狂

保存方法不佳，酸哪，只好多加蜜糖

味道正宗的南部酒，是用作开胃的良方

酒是天国的泉，仙界的露，灵魂的春天池塘

酒是欢乐的药，催情的火，没有翅膀也能翱翔

唱到此，树下只剩我一个，暮色渐渐苍茫

说忧伤可真是，我怎好意思说忧伤

无非呵飘而不坠，哀而不怨，相弃而永毋相忘

对于十世纪上下的欧陆风俗景观，我自来怀有难于解释的偏好，时日愈久，想试试解而释之。也许他们那样的黑暗期，倒是窖藏了人的元气，才会有滂渤怫郁的 Renaissance——我对中世欧陆的偏好，并不就是这层意思，古老的房屋、街道，说穿了还是在乎住着走着的人，人则一向是莠多良少，那极少的良人怎样个良法，大致如此：周身朴茂溶漾的傻气，说聪明又聪明得可惊，时常慵困，出神……说来劲

111

又认真来劲，美丽的茸毛间全是美丽
的汗。这样的尤物只有在那样的世纪
才涵毓得出，维琪尔的牧歌中每见其
雏形，而只是田园的、青涩的，可爱
还在于手工业初期，成群成群的少艾
青春。十世纪上下的欧陆究竟是不是
像我所写的那样，谁知晓呢，同一意思，
谁不知晓呢。历史者，道听途说，那
道与途是指书本和博物馆。好持逆论
的福里特尔（E. Friedell），他作《现代
文化史》，旨在讽味新骨董，我抽剥了
其中的若干细节，可谓心怀叵测，咏
情诗而不涉情人的音容笑貌，尽描述
情人出生地的风尚习俗，亦即是：想
画鸟，鸟已飞去，画了个鸟窝。

1989·罗德岛

东京淫祠

阳春看花时节
午前的晴天到得午后
必定刮起风来
要不傍晚就下雨
黄梅期间毋庸说了
入夏，大雨随时沛然而至
我穿着日和下驮拿着蝙蝠伞
东京的天气实在没有信用
我喜欢行向市中的废址
景色平凡得只够单身汉的兴致
例如右边为炮兵工厂砖墙所限
小石川的富坂，刚要走完
左侧有一条沟渠流下去了
朝着蒟蒻阎魔的小胡同

两旁屋舍低得像扑在地上

路也随便弯来弯去

有几处飘着冰食的幌子

住家是裁缝，烤白薯，扎灯笼

水潭连水潭，映得天光散乱

这样地我曳着日和下驮慢行

从古到今淫祠未受官家庇护

让它在那里，就算宽大看待

弄得不巧往往就拆除个干净

东京的小胡同淫祠还数不清

本所深川一带河流的桥畔

麻布芝区极陡的土坡下

繁华地段库房间，多寺院街拐角

小小的祠，不蔽风雨的石地藏啊

每过一些时候就有人来挂上匾额

奉献手帕，焚香叩首，站在那里久久

现代教育把日本人唆成巨奸大猾

这点儿愚昧还赶不及如数褫夺

在碎损的地藏尊的脖子上添围巾

女儿去当艺妓自己去做侠盗也未可知

敬业于梦想银会和彩票的鸿运

将旁人的隐私投到报纸上

借口天道正义来敲竹杠，这些玩意儿

这类文明武器使用法他们尚欠精通

只晓得欢喜天要供油炸馒头

对大黑天，奉的是双叉萝卜

稻荷神，看取油豆腐，新佘的

芝区日荫町的稻荷神独钟鲭鱼

在驹入地方又有沙锅地藏

祈祷医治头疼，病好了就还愿

将一沙锅置于地藏菩萨的头顶

御厩河岸的榧寺有专止牙痛的吃糖地藏

嗜盐的地藏端坐金龙山的庙内

小石川富坂的源觉寺的阎魔王歆享蒟蒻

大久保百人町的鬼王能疗疥癣，只收豆腐

向岛弘福寺石头老婆婆人家都送炒蚕豆

求她免除小儿的百日咳、夜啼、溏便

我也贪看社庙滑稽戏以及丑男子舞

细猜匾额上狡狯的斑斓谜画

都有效使我酸楚地得到茫茫的慰安

终年多湿的东京天气实在是不讲信用

蝙蝠伞日和下驮成为必备的身外之物

午前的晴天午后两三句钟刮风了

傍晚雨中的小胡同的淫祠就只这点淫

本篇每撷永井荷风散文句，
但为诗故沉吟久之。

1988

巴　珑

下班后不回家的便是男人

公爵哪，就这儿，就 BEER

鱼、虾、乌贼、响螺、小螃蟹

香肠、腌肉、熏肋、卤猪杂

上帝保佑啤酒桶永远木制永远笨相

巴珑是玻璃的，圆肚细颈长长尖嘴

执其颈举而倾之，酒出如幽泉

仰面张口接饮，递来复递去

公爵自觉髭唇触及 PORRON 了

即取白帕拭净，道歉，双手捧给我

奏乐，唱，可扭的东西都剧烈扭

一千五百余家小酒店夜夜马德里

狭街窄巷多转折，背影消失得快

青石板块块沾野史，凉雨涤着淤血

跳舞斗牛骑士画师底里全是假

晃来荡去的外国游客一身全是蠢货

西班牙天生白墙黑瓦，腓尼基迦太基

霎时船呀炮呀诈呀掳呀金银贴地争飞

到如今酒是便宜人是疏懒午间偷情是长

海盗儿孙只落得站着玩玩吃角子老虎

既然罗马会完，世界也要完

CERVANTES 认为弓不能一径弯着勿弛

脆弱的人心难免要有些合法的娱乐

要不是听说过爱情，多少人会知道爱情

公爵哪，背着这把年纪，重新抛头露面

按照老 VEGA 的意思，灯芯草般的身世

也可随铁匠的女儿一同带进剧本里

十二张纸正好配上时间和观众的耐性

在这寒暑均烈的柏立安半岛上

回教们基督教们从来软语商量不定

夜雨潇潇，到了只剩神话还像话的地步

半人马就是最精良的私车——我们慢慢走

是，十九岁这个年龄是再好不过的了

我在直布罗陀当水手，您在哪里

1988

智利行

颤动的黑岛上的爱情

尽管名称叫黑岛
这个传奇的地方并不黑
一角渔村，黄土小路
凶猛碧绿的大海
恋人们双双来此朝圣
值巡的警察说
诗人家宅　禁止参观
可以在外面看看，他说
当时此地的小旅店热闹呵
诗人身披鲜艳的斗篷
头戴安第斯山民的便帽
躯干高大，行动迟缓

去小旅店借打电话

为安静计，家里的电话拆了

他也要找旅店女主人商量

准备一席晚餐，有朋自远方来

诗人是高段的美食家

自己能烹调百余种异味嘉肴

桌布、餐具，换之又换

他死后，一切像被妖风刮尽

家人无法忍受痛苦

说迁就迁往圣地亚哥

小旅店在冷落中倒塌

黑岛每十分钟，十五分钟

轻微的明显的地震

巡逻的警察说得好

这里除了地震什么都禁止

我们早知道，早准备

一套大而惹眼的摄影机

供检查员活活扣留

另藏一组袖珍摄影机

分乘三辆车，起劲拍录

起劲把胶卷送往圣地亚哥

如被发觉，损失只此一卷

诗人故居的门是里边上锁的

窗户用白布遮住，气氛悲伤

花园却生机勃勃草木葱茏

诗人的妻，政变后带走了家具

书籍，以及他流浪期的收藏品

大海螺、船首饰、怪蝴蝶

他主要的住宅不是这座

是圣地亚哥侯爵街的那幢

军人政变后不数日

他病情加速恶化，去世了

军人的镇压小分队即来洗劫

在花园里用藏书燃起火堆

读者们把诗人的家视为其诗作

新一代的情侣们络绎而来

诗人在世时他们都不满十岁

阻挡入内的栅栏上他们画颗心

"胡安和罗莎，通过你而相爱

谢谢你，你教会我们爱"

还有些话，警察没来得及擦去

"喔，将军们，爱情不会死

一分钟的黑暗不会使我们变成瞎子"

这次拍摄中最身受的是

那些写满字的木板真有生命

栅栏在扭动，接合处吱咯吱咯

地下有无数爱情在蠕滚掀翻

没有人来阻挠，警察午餐去了

我们早已拍出计划之外之外

哦，我最宠爱的摄影师伍戈

他酩酊于海里的地震

钻上钻下，以玩命为乐

即使没有地震，海浪也会摔死他

我又何能劝阻这妙人儿呢

狂喜在取景器里的伍戈不停地拍

凡熟悉电影这一行的都知道

紧要关头谁也无法指挥摄影师

十首波莱罗舞曲之后

会见爱国阵线领袖
任何一个好记者梦寐以求
小组人员安排在不同地点
我最后一刻赶到约定的场所
普罗维登西亚街汽车站
手拿当天《信使报》《新情况》
只等有人来问"您去海滩吗"
答"不，我去动物园"
这则暗语实在荒唐，秋天
谁会想到秋天去海滩
爱国阵线负责联络者认为
不致搞错或发生误会呀
十分钟后，我想行人如此众多
呆呆站着未免太触目了
此时一个中等身材的瘦削小伙子
瘸着左腿朝我走来，头戴贝雷帽
我抢前几步笑口先开

"你干么不装成别的呢"

他十分吃惊，泄气地耸耸肩

"太明显，一眼就看出来"

年轻人咬着涩果般地咧嘴了

他毫无叛逆者的傲态

刚靠近我，小型货车就过来停住

挂有面包店牌子，我一跃而上

傍着司机，在市中心兜来兜去

摄制组成员一一接载了

又把我们分放在五个地方

再用另外的车辆依次收拾我们

终于都在小卡上，面面相觑

小卡也装着摄影机灯光和音响

贝雷帽的瘸子也不知何时消失

替换他的是个严厉的司机

"我带你们去转转"他说

"让大家闻闻智利海的味道"

收音机开到最大量，在城里绕圈

绕得我们目眩头晕他还不满足

敕令我们紧闭眼睛，"孩子们"

"孩子们，现在，快给我乖乖地嘟嘟"

我记起智利妇女哄小囡睡叫嘟嘟

见我们不理会，司机怒道

"快，嘟嘟，我不叫就别睁眼"

后座的意大利人怎懂智利方言

我译道"你们立即睡觉"

他们慌忙挤作一堆垂头闭目

我却还在辨认穿过的街区

"伙计，你也给我嘟嘟，快嘟嘟"

我阖睑狠狠将后脑勺靠在座背上

收音机播放波莱罗舞曲

劳尔·丘·莫雷诺

卢乔·珈蒂卡

乌哥·罗玛尼

来奥·马里尼

时光流逝，岁月催人老

一代接一代，舞曲昔在今在永在

小卡几度停住，有窃窃私语

继之是司机的嗓音"好，再见"

我忍不住启一线眼缝

哪知他已移转了后视镜

"小心点"他叫道

"谁睁眼，咱们就结束兜风回老家"

我迅即阖上两枚多余的眼睛

跟着收音机唱"我爱你

你会知道我是爱你的"

意大利人都和我的调

司机高兴了"这就对

孩子们，你们唱得蛮不错嘛

你们的安全没有问题"

在流亡之前，这圣地亚哥

蒙住眼睛我也能辨认

宿垢的血腥——屠宰场

机油、铁路器材的气息——圣米格尔区

造纸厂的怪味——离奎尔纳卡出口不远了

炼油厂的烟——是阿兹尔卡波查尔科一带

可奈此时我什么也闻不着

舞曲一首一首，十首过去十一首

车停，"别睁眼"

"别睁眼，手拉手挨个下车"

我们像一串瞎子，紧拉着不脱手

脚下的土质松松，忽高忽低

这条路如此崎岖，渐渐进入阴地

凉意袭人，刺鼻的鱼腥

好像到了瓦尔帕莱索海边

但没有时间遐想了

司机宣布撤销禁令——睁眼

墙壁洁净，小房间

廉价的家具，保养得好好的

一位高个儿，穿着讲究，假胡子

我说"你的化装真太差劲

这种胡子谁也不信任"

"太匆忙了"他扯掉这片毛才与我握手

说说笑笑，转向隔壁

十分年轻的男子躺在床上

头缠绷带，看来处于昏迷之中

我们算是到了一家地下医院

受伤者正是费尔南多·拉雷纳斯·塞格尔

智利当局搜捕的头号人物

二十一岁，醒来后，随即

以充沛的精力回答了我们的许多问题

羊羔肉鹰嘴豆和麦渣

夜晚我要去的地方

是我希腊外公的屋子

而今一直由我母亲住着

我在那里度过童年

走廊长长，过道阴阴，迷宫般的睡房

厨间宽敞，再下去是牲口圈、马厩

这地域农民叫作大柑林

清甜的香息随时扑鼻而来

草叶尤其茂密，鲜花怒放

到了老屋前，车未停稳我就跳下

小径幽寂，穿过黑暗的院子

一条蹒跚的狗来我腿间钻嗅

继续走，似乎不会有人迹了

每一步恢复一件往事

记忆交织得难以承受

长廊尽头是客厅，门口散出灯光

止步，想了想，探身进去

母亲坐在那里，客厅很大，屋顶高

墙壁光秃，她的椅子背朝门

旁边黑铁火盆，水壶淡淡冒气

另一把同样的扶手椅上是我舅舅

没有别的家具，二人端坐无语

目光朝着一个方向，像在看电视

面前只是空白的垩壁

我步入客厅，她们毫无反应

"噢，这里是没人招呼的吗"

母亲缓缓站起，转身而开言

"你是我儿子的朋友吧，我拥抱你"

自从十二年前我逃离祖国

舅舅一直没见过我，此刻他兀坐不动

头年九月在马德里我与母亲曾会面

而今她拥抱我，认不出来了

我紧捏她的双臂摇晃

"仔细看着我，克里斯汀娜

是我，我，是我呀"

她换了一种目光，仍然无济

"不"她受苦地说"我真不知你是谁"

"可是，我就是你的儿子米格尔呵"

她重新打量，脸色忽而苍白

我扶住她，舅舅站起来又坐倒

他说"我现在死也可以瞑目了"

我让母亲坐稳，急忙和舅舅拥抱

他只大我五岁，头发全白

旧毯子裹着瘦小的身子，没有热气

结过婚，分居了，从此住在这里

向来孤单，少年时就像个老头儿

"别瞎说啦，舅舅，开瓶酒吧

为我的凯旋庆祝一番吧"

母亲摆摆手，像往常那样

"我有，我有做好的马斯图尔"

马斯图尔制作起来挺费事

希腊人家只在大节庆喝得到它

它用羊羔肉鹰嘴豆和麦渣烧成

有点像阿拉伯人的库库斯

今年第一次毫无目的地做了，母亲说

做的时候实在不知哪儿来的兴致

我们喝着马斯图尔谈着马斯图尔

吃罢了这顿想慢些又想快些的晚餐

甜饮之后，舅舅进卧室了

母亲十六岁出嫁，第二年生下我

所以我清楚记得她二十岁时的模样

秀丽、温柔，我是她的一个布娃娃

此番归来，看到我这身打扮

你倒像个神父，她丧气地说

她看惯我穿码头工人服

我不说出乔装改样的原委

免得影响她眠食，让她去

让她认为儿子一切都合法

或许母亲也在想，让他去

让他当我什么也猜不着边

天亮前，她拉着我的手，走过庭院

端一个古老的银烛盘

院子深处有间屋子，轻轻开了锁

在军人最后一次抄家之后

我与妻和孩子窜往墨西哥

母亲聘了某位熟识的建筑师

将书房的木板挨块拆下来

编号、包装，运回帕尔米亚老家

眼前的布置，像我没有离开过一样

年轻时写的剧作，电影脚本草稿

舞台设计图样，各在老位置上

零乱，慌忙，骄狂，悲怆

临走时刻的那派色调，那股气味

凝固在这烛光照见的房屋里

母亲如此做，为了什么

使我悼念她，抑是使她悼念我

智利导演米格尔·利廷，被列在绝对禁止返回故土的五千流亡者名单中。十二年过去，即是到了一九八五年初，他以秘密手段潜入智利六个星期，拍摄七千多米长的影片，实录了军事独裁统治之后的智利真面目。利廷改变脸形，更换说话腔调，使用伪证件，在地下民主组织的掩护下，率领三个欧洲小组，及国内抵抗运动的六个青年小组，以拍摄商业广告为名，沿着国土纵深方向迈进，卒达心脏地区拉莫芮官——成果是一部四小时长的电视片，一部两小时长的电影。一个智利的男人做了这件事。另一个哥伦比亚男人加西亚·马奎斯，在马德里与利廷谈这件事，好几天，谈得精疲力竭，然后马奎斯把长谈理成十个篇章，原稿六百页，压缩为一百五十页，发表了，被列为报告文学，以示纯系述录。"但文字风格是我的，"马奎斯说，"作家的嗓音不可更替。"大抵如当仁不让然，当文，亦不让。一个哥伦比亚的男人在做了很多事之后，又做了这件事。我在某次车程中阅完这本电影导演历险记，像我这把年纪的中国男人，很熟悉此种黑色浪漫，不过中国的情况总是比较窝囊，凡有黑色浪漫难免黏黏糊糊，至今缠夹不清而且将会大缠大夹血肉横飞。利廷是身入其境，性命交关，马奎斯已可自持距离，有暇注意人情味，我则但取几个段落，写二百六十余行，疏忽真实而泛揽象征。第一章，巴勃罗·聂鲁达，只称"诗人"我想就够了；第二章，地名人名倘若换了别地别人，也没有什么要紧；第三章，母与子，用中古风俗画的手法，浪子回家，还得去浪，"视死如归"是一种精神，"视归如死"是一种心情，浪子不死，大有可浪。利廷不与虎谋皮，是剥了皮就走，差堪令济济浪子之流气壮神旺——都道民主是天命，民主是人事而非天命。这首叙事诗也只在琐琐碎碎的凛然细节上寄托兴趣，犹如须眉，哦，男人的兴趣。

1989

伊斯坦堡

深秋薄暮的伊斯坦堡
路人穿着黯淡的厚外套
凡事到了回忆的时候
真实得像假的一样

远古的拜占庭无足为奇
奥图曼帝君也面熟陌生
一头撞进爱国主义的怀抱里
零零落落的却是欧化的物质文明

石板街道，老木屋，夤夜失火的船
废弃的港口，野狗，垃圾，街车
女眷幽闺，奴隶市场，负重的人驼
禁酒的戒令，回教托钵僧客栈

纪德、芮尔瓦、戈蒂叶、福楼拜

他们才是伊斯坦堡的旧情人

阿麦特·拉辛说，他说

一个地方的风景，在于它的伤感

波斯湾之战

晓色净明

昼午一碧无云

向晚天空苹果绿

屋后雀噪不已

波斯湾战争初三日

智慧型武器作秀

夜袭美丽得芭蕾似的

巴格达像一棵圣诞树

双方骂魔鬼，魔鬼

阳台愈静，愈若水

若婴，若处子观脱兔

微风清寒骀荡

春善预告，春富隐私

浅草涵翠乃去秋遗意

木栅内犬吠猵猵，行人络绎

上街买新闻纸，水果

战争是多情的，孙武知之

克劳塞维兹知之

兵法家手中拿着水果刀

花店的大玻璃上贴出

纷纷的纸剪的心

想一想情人节也真近了

惟记忆之繁缛令我深感富有

我富可敌国的记忆啊

克劳塞维兹（Carl von Clausewitz）十三岁从军，参预普法战争，又曾与鞑靼人周旋沙场——鉴于军事上虽接连称胜，政治上却并无裨益，幡然覃思，乃著《战争论》，以明战争之理念。闻此书现正为白宫主者们所阅读，美国军校师生亦相率崇敬这位一百六十年前的柏林大学教授，盖西方人向来是昧于兵法的（然而像不常吃药的人，吃起药来特别灵）……战争必要有目的——和平年代尚且"目的"迷茫，战争反而会使人知"目的"之所在吗，当今的一国一族一洲的一时之见，都只限于自身的功利企图，摆脱现实困境的权宜部署，眼看这样的短程奔波已是一路险象环生，即或差强如愿，也仍然成了下场战争的滔滔伏笔。克劳塞维兹以为"军人应听命于文人"，文人在历史上极少有机会指挥军人，况且能削切驾驭军人的文人也实在罕见，而军人熟读兵法亦不即是文人，那么，克劳塞维兹庶几军事上的理想主义者之俦乎。再者何谓"战争是多情的"，君不见凡烽火一起，人伦忽然甜柔了，"我的儿""我的丈夫"，生命是无价宝，战争带来普遍的顿悟，黄丝绦在栏杆上树枝上飘，平常是见不到的。战争必有双方，正义与非正义仅仅是比较而言，愿中东局势由盟军凯旋而世界勉为祥和，虽然这种祥和一直是充满戾气。

加拿大魁北克有一家餐厅

Fourguet Fourchette

来一杯野生辛香的淡苦啤

金色可爱，以配前菜

来一杯成熟果味的白啤

陪伴海鲜，细嚼慢咽

接着，一杯葡萄馨息的黑啤

侍奉你的炭火烧烤

或者含辣的赤褐啤扈拥燉锅

如果外面飞雪，添一杯野樱桃热啤

啤酒起源于中世纪欧陆修道院

修士们擅长调配种种药草以制酒

偶然的一个机缘中诞生了啤酒
就像偶然的一个机缘中我发现了你

巴黎—法兰克福

火车直达
晚十一时启程
翌日八时到埠

是否要甜点
明天早餐如何
鸡蛋煎一面、两面
那种果汁
那种面包
火腿呢

有无要报关的物件
有则将护照付之

车厢是小房间

盥洗室，床

被褥白如新雪

鹅绒枕像婴儿的面颊

次晨，早餐至

银盘边上放着护照

平凡的旅程

别处就做不称心

这一切

都是拜个人主义之赐

个人主义是

把每个人都当作诗人来对待

洛阳伽蓝赋

撰杨衒之《洛阳伽蓝记》

永宁寺

九层浮图一所

架木为之　举高九十丈

结刹　复高十丈

合去地一千尺

京师外百里已遥见之

刹上有金宝瓶容二十五斛

宝瓶有承露金盘三十重

周匝皆垂金铎

复有铁锁四道　引刹向浮图四角

锁上亦有金铎　铎大如石瓮子

浮图九级　角角皆悬金铎

合上下一百三十铎

浮图有四面　面有三户六窗

户皆朱漆　扉上五行金铃

殚土木之功　穷造形之巧

佛事精妙　不可思议

绣柱锦铺　骇人心目

至于高风永夜　宝铎和鸣

铿锵之声闻及十余里

浮图北有佛殿

丈八金像一　中长金像十

绣珠像三　织成像五

作功奇谲冠于当世

僧房楼观一千余间

雕梁粉壁　青琐绮疏

栝柏松椿　扶疏拂檐

蘩竹香草　布护阶墀

外国所献经像皆在此寺

寺院墙遍戴短椽以瓦覆之

若今之宫墙　四面各开一门

南门楼三重　通三道

146

去地二十丈　形制似今之端门

图以云气彩仙　煊赫丽华

拱门有四力士四狮子

饰金银加珠玉　庄严焕斓

东西两门皆如之　惟楼二重

北门一道不施屋　似乌头门

四门外普树青槐　亘以绿水

京邑行人多庇其下

路断飞尘　不由奔云之润

风送清凉　岂借合欢之发

永熙三年二月

浮图为火所烧

帝登凌云台望火

遣南阳王宝炬录尚书长孙稚

将羽林一千　救赴火所

莫不悲惜垂泪而去

火初从第八级中出　平旦大发

当时雷雨晦冥　杂下霰雪

百姓道俗咸来观火

哀恸声沸　辘震京邑

时有四比丘投火而死

火经三月不灭

有火入地寻柱

周年犹见烟气

其岁五月中

行人从象郡来云

见浮图于海上光明照耀俨然如新

海民群皆仰之

俄而雾起浮图遂隐

瑶光寺

在阊阖门御道北

去千秋门二里门内有西游园

园中凌云台即魏文帝所筑者

高祖于八角井北造凉风观

登临送目远及洛川

下俯碧海曲池

台东宣慈观　去地十丈

风生户牖　云起梁栋

丹楹刻桷　图写列仙

凿石为鲸　背负钓台

钓台南　宣光殿　北　嘉福殿

西　九龙殿　殿前九龙吐水

凡殿皆有飞阁往来

三伏之月　御驾避暑

有五层浮图一所　去地五十丈

仙掌凌虚　铎垂云表

尼房五百余间

洞户顾盼　曲廊逶迤

珍木馨卉不可胜言

亦有名族贞女性爱道场

落发辞亲　来依此寺

屏艳缛之饰　服素缟之衣

投心惟正　归诚一乘

永安三年　尔朱兆占洛阳

纵兵大掠　猖獗无度

时有秀容胡骑数十人入寺

昼夜淫泆　郁陶駘荡

自此后　娈童俊雄

溷迹于青磬红鱼之间

京师竖子谣曰

洛阳男儿急拢髻

瑶光寺尼夺作婿

景明寺

景明年中立　因以为名

在宣阳门外一里御道东

其寺东西南北五百步

前望嵩山少室　却负帝城

青林垂影　绿水为文

形胜之地　爽垲独美

山悬堂观盛一千余间

复殿重房　交疏对溜

蓝台紫阁　浮道相通

虽外有四时而内无寒暑

拱檐尽处　皆是山池

松竹兰芷　凝立栏阶

含风团露　流芳吐馥

正光年　太后造浮图　去地百仞

俯闻激电　傍属奔星是也

寺有三池　萑蒲菱藕水物生焉

或黄甲翠鳞出没于繁藻

或乌凫白雁沉泗于晶波

碓硙春簸皆用水功

时世好崇福

四月七日　京师诸像率来此寺

尚书祠曹录像凡一千余躯

至八日　以次入宣阳门

向圊阖宫前受皇帝散花

金簇映日　宝盖绕云

幡幢密若夏林　香烟缭似春雾

梵乐法音　聒动天地

百戏腾骧　所在骈比

名僧德士负锡为群

信徒虔侣持花成数

车骑填咽　繁衍相倾

时有西域胡沙门见此

欢喜叹赞　唱言佛国

高阳王寺

高阳王雍之宅也

在津阳门外三里御道西

雍遭尔朱荣所害　舍宅以为寺

正光中　雍居丞相

给羽葆鼓吹虎贲班剑百人

贵极人臣　富兼山海

栖止第宅　匹于帝宫

白殿丹楹　窈窕绵緬

凛檐峻宇　轇轕周通

僮仆六千　伎女五百

隋珠照日　罗衣从风

自汉晋以来诸王豪侈未之有也

出则鸣驺御道文物成行

铙吹响发　笳声哀转

入则诣姬舞娘击筑嘘笙

弦管迭奏　连宵尽日

其松筠池塘侔于禁苑

芳草如积　古木冥荫

雍嗜滋味　厚自奉养

一食必以万钱为限

海陆珍馐方丈于前

雍薨后　诸伎悉令入道或有嫁者

美人徐月华善弹箜篌

能为明妃出塞之歌

闻者莫不动容

永安中与卫将军源士康为侧室

宅近青阳门　徐鼓箜篌引阮

哀声入云　行路听者俄而成市

王有二姬　名脩容　名艳姿

并蛾眉贝齿　洁貌倾城

脩容能为绿水歌　艳姿善么凤舞

士康闻此　遂常令徐鼓绿水么凤之曲焉

153

法云寺

西域乌场国胡沙门昙摩罗所立也

在宝光寺西　隔墙并门

摩罗聪慧利根　学穷释氏

至中国即晓魏言隶书

凡所见闻　无不通解

是以道俗贵贱同归仰之

作祇洹寺一所　工制甚精

佛殿僧房　皆为胡饰

丹素炫彩　金碧垂辉

摹写真容　似丈六之见鹿苑

神光壮丽　若金刚之在双林

伽蓝之内　珍果蔚茂

芳草蔓合　嘉禾被庭

京师沙门好胡法者皆就摩罗受持之

戒行真苦　难可揄扬

秘咒神验　阎浮所无

见之莫不忻怖

寺北有侍中尚书令临淮王彧宅

或博通典籍　辨慧清悟

风仪详审　容止可观

至三元肇庆　万国齐臻

金蝉耀首　宝玉鸣腰

负荷执笏　逶迤复道

观者忘疲　莫不叹服

或性爱林泉　又重宾客

至于春风扇扬　花树如锦

晨食南馆　夜游后园

僚寀成群　俊民满席

丝桐发响　羽觞流行

诗赋并陈　清言乍起

莫不饮其玄奥忘其褊悷

是以入彧室者谓登仙也

及尔朱兆扰京师

彧为乱兵所害

朝野痛惜焉

市南有调音乐律二里

里内之人丝竹讴歌天下妙技出焉

有田僧超者善吹笳

能为壮士歌项羽吟

征西将军崔延伯甚爱之

正光末　高平失据　虐吏充斥

贼师万俟丑奴　寇暴泾岐之间

朝廷为之旰食

诏延伯总步骑五万讨之

时公卿祖道　车驷成列

延伯危冠长剑耀武于前

僧超吹壮士曲于后

闻之者懦夫振勇　骁客狎奋

延伯瞻略不群　威名早著

为国展力二十余年

攻无全城　战无横阵

是以朝廷倾心送之

延伯每临阵　令僧超为壮士声

甲胄之士莫不踊跃

延伯单马入阵旁若无人

二十年间献捷迭继

丑奴募善射者　射僧超亡

延伯哀惜摧毁无时或释

后延伯为流矢所中　卒于军旅

五万之师　一时溃散

市西有退酤治觞二里

里中多酿酒为业

河东人刘白堕善自孕酒

季夏六月　时暑赫晞

以罂贮酒曝于日中

经一旬　其酒味不动　饮之香美

醉而经月不醒

京师朝贵多出郡登藩

远相饷馈　逾于千里

以其远至　号曰鹤觞

亦名骑驴酒

永熙年中　南青州刺史毛鸿宾

赍酒之藩　路逢贼盗

饮之即醉　皆被擒获

因此复名擒奸酒

游侠语曰

不畏张弓拔刀　唯畏白堕春醪

当时四海晏清　八荒率职

缥囊纪庆　玉烛调辰

百姓殷阜　年登俗乐

帝族王侯外戚公主

擅山海之富　居川林之饶

争修园宅　互相夸竞

崇门丰室　洞户联房

轩馆传飓　重楼凝霭

高台芳榭　家家而筑

华林澄池　园园必有

而河间王琛最为豪首

常与王元雍争衡

造文柏堂　形如徽音殿

置玉井金罐　以五彩绘为绳

伎女三百人　尽皆国色

有婢朝云　善吹篪

能为团扇歌　陇上声

琛为秦州刺史

诸羌外叛　屡讨之　不降

琛令朝云假形贫妪　吹箎而乞

诸羌闻之　悉皆流涕

迭相谓曰　何乃弃坟井在山谷作寇也

即相率归降　秦民语曰

快马健儿　不如老妪吹箎

琛常谓人云

晋室石家乃庶姓　犹能雉头狐腋画卵雕薪

况我大魏天潢　不为华侈

造迎风馆于后园

窗户之上　列钱青琐

玉凤衔铃　金龙吐佩

素柰朱李　枝条入檐

伎女楼上坐而摘食

琛常会宗室　陈诸宝器

复引诸王按行府库

锦罽珠玑冰罗雾縠充积其内

绣缬绌绫丝彩越葛钱绢不可计数

159

金瓶银瓮百余口

酒器有水晶钵玛瑙杯琉璃碗赤玉卮数十枚

作工奇妙　中土所无　皆从西域来

经河阴之役　诸元歼尽

王侯第宅多题为寺

寿邱里间　列刹相望

祇洹郁起　宝塔凌霄

四月初八日　京师士女多至河间寺

观其廊庑幽丽　无不叹息

入其后园　见溪涧潺湲　石磴嶕峣

朱荷立池　绿萍浮波

飞梁跨阁　高树遏云

徘徊流连咸皆唧唧

虽梁王兔苑想不如也

乱曰

皇魏受图　光宅嵩洛

笃信弥繁　法教逾盛

王侯贵臣弃象马如脱屣

庶士豪家舍资财若遗迹

于是昭提栉比　宝塔骈罗

金刹与灵台媲晖　广殿共阿房等弘

岂直木衣绨绣土被朱紫而已哉

暨永熙多难　皇舆迁邺

诸寺僧尼亦与时徙

至武定五年　岁在丁卯

余因行役　重览洛阳

城廓崩毁　宫室倾覆

寺观灰烬　庙塔丘墟

墙被蒿艾　巷罗荆棘

牧竖踯躅九逵　田夫耕稼双阙

麦苗之感　非独宗周黍离之悲

京城表里凡一千余寺

举目寥廓　钟声罕闻

嗟夫　王事如棋　浮生若梦

临文慨悼　难喻吾怀　语云

昔日之所无今日有之不为过

昔日之所有今日无之不为不足

已矣乎　后之君子亦将怊怅于斯赋

三十三年前我游访洛阳，夏季，河南一带赤风刮地黄尘蔽空，真不敢相信要建都于这种地方，我的意思是黄河流域的天时确是大变了。后来回江南与朋友谈起，他说："洛中何郁郁。"公元二百年之际洛阳是草木葱茏，非常宜人的。我笑道："郁郁"是指人文荟萃，不过一千七百多年前那边的气候，大概和现在的杭嘉湖差不多。龙门石窟可说是健在的，论整体的艺术水准，山西的云冈石窟尤其自信、元浑，一派概不在乎的涵量，龙门就在乎了，著名的交脚菩萨可比世家子弟，清秀，一清秀力道就差下去，菩萨和人同样，清秀是衰象，而龙门的狰狞的天王力士，到底不过佣仆，云冈时期是毋需此等警卫保镖的。越明年，我又去河南，在洛阳市内走了一天，睡了一宵，满目民房、商店、工厂……油油荒荒，什么伽蓝名园的遗迹也没有——我想总归要怪自己，除非一旦成了考古学家，否则不必再到洛阳来。今寓海外，以为能免而竟亦不免偶兴去国离忧，在"哈佛"赋闲期间，燕京图书馆气氛寥落，临窗的乌木小桌上堆着大开本的书，是英译的《世说新语》，隔洋靴而搔国痒毕竟无济，便找原本，开卷即有魏晋人士影亦好之欢，见过人之后还想见见物，于是又翻《洛阳伽蓝记》，杨衒之欲为他所处的前后代作见证，是故"文""史"夹杂，这种说明文有损于诗意的纯粹，有碍于品味其笔致的精妍，轮到现代人后代人（以后不断而来的青年们），恐怕都要由于不谙那段历史而忽略了这一大篇绝妙好辞。而且杨衒之似乎并未自认此"记"是散文诗，所以某些句某些字或有斟酌推敲的余地——我不再多想而尝试为之了：凡已成无谓的历史瓜葛者，节删之；凡文字对仗容许更工整者，剔饬之；凡太散文者，诗淬之；凡尤可臻于艺术的真实者,润色而强化之——故曰《洛阳伽蓝赋》,循例卒添一"乱",乘势取《司马季主论卜》的那两句,荨结全赋,以抒感慨。在我的心目中,常把曹魏的洛阳比作东罗马的拜占庭,宗教、艺术、衣食住行,浑然一元的世界,已经近乎成熟的世界了,至少道理上是这样。三年前的夏天,在罗德岛消暑,曾以此篇请一位诗弟过目,他说有释家的经卷味,也许把好的散文撺掇为诗,顺利时,会起这个现象,可惜全篇并不都是顺利的。再者,《洛阳伽蓝赋》难讳"绮语"之嫌,非杨衒之过也,撰者自甘触戒也。宗教与艺术终究有荤素之别,宗教是素的,艺术是荤的,宗教再华丽也是素,艺术再质朴也是荤。

1991

中国的床帐　I

从前中国人家的内房

檀木床柜，皮革箱笼

纱锦帘幔，绣满花蝶的枕被

脂粉瓜果香料药品

氤氲不散的室人的气息

有一张长而阔的矮凳，叫春凳

明说是为白昼交欢之所备

孩子们在春凳上吹斗纸马

厅堂，书斋，挂满峭刻的格言

澹静的字画，供陌生客瞻赏

熟人在内房，暗沉沉，门咿呀响

那忧郁的床帐是很淫荡的

罗的，夏布的，帐门可以钩起放下

即使没人，帐子已很淫荡了

1996

中国的床帐　Ⅱ

我少小时睡的床四季都挂着帐子

绣幔，银钩，帐门可垂落而严闭

帐里帐外就成了两个世界天地

这样的分隔有时是怡静有时是懊恼

何以怡静何以懊恼那是深深的秘密

少小时备知况味却无能与人诉说

于今追思都是荒唐的戏，悲凉的劫

一个人被拉进帐中就成了另一个人

两个人同入一帐就能化怨为恩

中国的帐子是千古魔障，灭身的陷阱

帐顶似天，簟褥似地，被枕宛如丘陵

长方形的紫禁城，一床一个帝君

诞于斯，哭于斯，作乐于斯，薨于斯

中国的床，阴沉沉，一张床就是一个中国

1996

清嘉录

其　一

平明舟出山庄

万枝垂柳，烟雨迷茫

回眺岸上土屋亦如化境

舟子挽纤行急

误审层网中，遂致勃豀

登岸相劝，几为乡人窘

偿以百钱，始悻悻散

行百余里，滩险日暮

约去港口数里以泊

江潮大来，荻芦如雪

肃肃与风相拎

是夕正望，月似紫铜盘

水势益长，澎湃声起

俄闻金山蒲牢动，漏下矣

清嘉录

其　二

梅雨时备缸瓮收旧雨水
供烹茶，曰梅水

梅天多雨，雨水极佳
贮之味经年不变

人于初交黄梅时收雨
以其甘滑胜山泉

南方多雨
南人似不以为苦

IV

色　论

淡橙红
大男孩用情
容易消褪
新鲜时
里里外外罗密欧

淡绿是小女孩
有点儿不着边际
你索性绿起来算了

粉红缎匹铺开
恍惚香气流溢
那个张爱玲就说了出来

紫自尊，覃思
既紫，不复作他想

黄其实很稚气、横蛮

金黄是帝君
柠檬黄是王子
稻麦黄是古早的人性

蓝，智慧之色
消沉了的热诚
而淡蓝，仿佛在说
又不是我自己要蓝啰

白的无为
压倒性的无为
宽宏大量的杀伐之气

黑保守吗

黑是攻击性的
在绝望中求永生

古铜色是思想家
淡咖啡，平常心
米黄最良善，驯顺

玫瑰红得意非凡
娇艳独步
一副色无旁贷的样子

青莲只顾自己
小家气，妖气

钴蓝是闷闷不乐的君子
多情，独身，安那其

土黄傻，不成其色

朱红比大红年轻

朱红朱在那里不肯红

灰色是旁观色

灰色在偷看别的颜色

大红配大绿

顿起喜感

红也豁出去了

绿也豁出去了

假　的

西敏士大教堂
莎士比亚的雕像下
一篇诗体的铭文

那青年背着包
估量他是从南欧来的
对我很熟习地一笑

他说，你相信这诗是真的么
我说，相信是假的
他拍拍我的肩

雪　掌

再不出去

也许就停了

温带的雪

停了便融化

附近樱、槭、苹果树

繁枝积雪如礼仪

雪的恬漠是恣肆的

轻轻率率精巧豪奢

业已飘扬过一夜

仍然弥天而下

晦昧彻敞的氛围

异乎晨曦暮霭

柔和酥慵，似中魔法

（雪的高洁是谄媚的）

多年未见大片平坦的雪

这 Estates 布满树和屋子

唯教会那厢空廓

两个士敏土广场

分处于楼群的前后

我惯从后坡拾级而上

穿出一排灌木林

经过圣玛利亚的脚下

便是方形的淡灰的广场

周无草木，终年素净

未曾遇见僧侣修女

凡属不可能邂逅人的地域

经过次数多了

俨然自成隐私

一旦遽尔与人相值

惊骇、厌恶、溃败

可喜这后广场至今犹是

我的贞吉的私人广场

（往昔，我有过私人海滩）

前广场是公共的

礼拜日教友们集散之地

后广场没有车辙足迹

白雪使它显得更宽阔

在中国江南，此名春雪

春雪不足玩，儿童鄙视之

何以北美的春雪滋润如腊雪

我举着伞，感到有谁注视

四顾杳无人影

复前行，诚觉有目光射来

收伞，仰望南边的三层楼

中层的长排大窗的玻璃上

贴着许多小手（竟是 Class）

手掌平按玻璃上，五指大张

我把伞充作拄杖

仿照卓别林的步姿

摇摇摆摆横过雪的广场

回身挥伞，以示告别

玻璃上的小手们更密了

（孩子的另一只手也贴上来）

我自己的心中也并未满足

在雪地上我该弹跳、旋舞

跌倒爬起，这样三次

可见查理是动辄慷慨

我却一贯遇事吝啬

1990

从前慢

记得早先少年时
大家诚诚恳恳
说一句是一句

清早上火车站
长街黑暗无行人
卖豆浆的小店冒着热气

从前的日色变得慢
车、马、邮件都慢
一生只够爱一个人

从前的锁也好看
钥匙精美有样子
你锁了，人家就懂了

道院背坡

道院背坡芊芊芳草连绵

碧绿地这样斜下来就是路了

长埭乌漆铁栅为界，禁止逾越

路畔一枝树，一枝树（枫科乔木）

隔着树干、铁栅、森森叶丛

阳光下的大草坡明艳圣洁非人间

近周家宅、车辆，草坡自领清虚幻意

刈草者巡回推机之日，幻意顿失

亦是我一己荏弱无聊的缘故

或说那非人间的幻意原也羸薄

不经刈机震声和工役形状的冲克

（每年都见别处的草坪先呈秋瑟

这片斜坡绿得近乎童贞的呆愣

白帽玄裳的修女们来扫除飞积的黄叶

过后，斜坡仍复青青，时已初冬）

昨夜雷雨浥尘，暑气一夕尽消

夏令濒末，蝉尸跌在地上

日照斜坡群卉鲜妍水珠闪烁

一只猫——直奔下来……

猫在追捕，松鼠在前逃窜

松鼠上树毛色与树皮相混倏而失踪

猫蹲伏树下，草坡明绿　肃静　空廓

刚才划过一黑线，一灰线

黑线长　猫，灰线短些　松鼠

先后划到树干为止，灰线隐没

黑线蜷成黑团，凝定树下不动

我是从路的这边望见的

愿猫逮着松鼠，愿松鼠脱险

（两个愿同在我心中

其一如愿，必得另一不如愿）

猫正追，松鼠正逃，两愿紧紧并扣我

这刹那的心情，如若持续无限延伸

就是上帝的，上帝的心情

我惊觉与它遽然 touch 了一瞬

立即缩为早餐后要去买报纸的凡人

夏末的阳光下草坡舒坦幽倩

坡顶道院石砌的高墙窗户严闭

修女们在阴暗里读经　祈祷　悄悄移走

不知今天早晨有上帝的心情掠过屋后草坡

1989

槭 Aceraceae

槭是落叶乔木

叶对生，掌状分裂

我说七裂居多

你说常会分成十一裂

裂片尖锐，有锯齿

你就麻痒痒地锯我

锯得我啮你耳坠，吮吸

吮吸到四月开小花

第一次伏上来满身是花

果实双翅果，平滑

你的翅是劲翅，扑击有声

你用翅将我裹起又塌散

槭的果翅展开为钝角

尖锐的快乐是钝钝的

全身都钝了，尖锐了

果翅借风力去布种

你借南风，你不会布种

岂仅是槭，你还是槭科

双子叶中的离瓣类

是吧是吧是温带产吧

温带产尤物，善裸裎

要我兀立在树荫下枯等

看你单叶复叶又缺叶托

你的花时而两性时而单性

花序此也穗状彼也总状

萼片，花瓣，皆五页

五个手指，你自嫌手指短

短手指的命运是慵懒的

你反来机巧地喋喋复喋喋

萼片和花瓣有时只四页

你缺了的，我细细赔

雄蕊八个，雌蕊一个

找到了，子房上位有二室

找到了胚珠，两粒

早已说定你的果实是翅果

你的种子忘了胚乳

我周围太多草本情人

来一个木本情人吧，你

我只要风和日暖观赏你

槭材要做成器具到市场去

你要去就去，明天才许去

享尽这槭叶丛里的饕餮夜色

1993

指 纹 考

鸟兽随风行动

潜步狩猎

最好迎风搜寻

波利尼西亚的航海者

偃伏独木舟中，闭眼

抚弄被风吹送的波涛

就知晓远处岛屿的方位

因纽特人，天空白茫茫

霰雪掩没地上一切标志

他们依循气流，顺利往返

我友罗士，他是船长

听风吹帆索的声音

预卜风暴何时来临

从前的城市街道

按东—西或南—北而建设

此乃指南针定风向之迹象也

即说屋顶风信鸡的时代业已过去

以色列春季干旱热风使我暴躁

德国，阿尔卑斯山吹来浮恩焚风

起先我胸口还不大觉得作疼

加利福尼亚州南部圣安娜焚风

使我的床友情绪低落了两昼夜

纳瓦霍印第安人有一首诗

咏叹手指上的旋纹

天神制造先祖的时候

风吹过，风尾留在指头上了

犹太、阿拉伯、希腊、罗马

他们用语中的"神灵"

都是从风字转化而来

伫立在夏威夷考艾岛上

夜，吉拉尼亚灯塔亮着

一阵一阵，风从北方吹来

我闻到中国的腐，日本的腥

1990

大心情

文艺复兴是一种心情

此心情氤氲了整个欧罗巴

别的盛衰可依其行为而踪迹之

文艺复兴至今言犹在耳事犹在身

虽然不会再来虽然是这样

火车中的情诗

冬季一月

从佩鲁迦搭火车

到西西里、巴勒莫

那青年坐在我对面

他是假期来罗马会女友的

双方的父母都反对这个交往

他掏出自己写的情诗念给我听

我赞赏，我说：罗密欧与朱丽叶

爱才是生命，然后生命才能爱

我想莎士比亚的原意如此

他点点头，小声道：我要对她说的

时 间 囊

Time Capsule

亚特兰大 Oglethorpe 大学

于 1940 年在校园游泳池

建立 "文明窖藏"

Crypt of Civilization

这个时间囊里储藏了《圣经》

《可兰经》，但丁《神曲》，唐老鸭

假睫毛，马桶刷，百威啤酒

波斯王卡斯宾

Caspian

我的儿啊

你要记住

不管爱上什么人

都不要放纵

从你肉中射出的精

是你的魂

一年容易

春季最好

夏令爱男子

冬天爱少女

秋高气爽爱自己

帆 船 颂

帆船的诞生、发展
航海史上地位重要
数千年，各类型帆船
满足不同的用途、需求

1800 年，首创蒸汽轮航
海上的帆船不断改进
保持霸权，百年
轮船还是不能取代帆船

西班牙高尾楼的盖利安
笨重，在海上横行了三百年
其后裔，大型四桅 bark
又在风浪中扬威六十年

帆船有性格，有一生的命运
因为帆船是有灵魂的
帆船一身无处不健美
任何细节都扣住海，扣住航行

破旧的帆船搁在岸滩上
住着一家诚实的善心人
帆船能驶进童话、神话
轮船就驶不进

啊，回纹针

四十年前
尤查斯
廿一岁
美国中士。
沙丽
十九岁
英国战争部书记。

谁也不知道什么叫命运

他们同时服务在
沟切斯特小镇

一天

沙丽到

尤查斯的办公室

找回纹针，

就这样

彼此　一见　钟情

别忘了那是战争年代

尤查斯

即将去法国前线

他深怕

在那里被打断腿！

心中满是爱

一言不发

离开了沙丽

战争总会结束的

尤查斯

完整无缺

回到底特律老家，

结了婚

沙丽

也和别人结婚，

离开那小镇

奇妙的一九七六年

奇妙在沙丽　写了

一封忧郁的信：

收信人

尤查斯先生

一九八〇年

尤查斯的妻子去世，

一九八二年

沙丽的丈夫　离开凡尘。

一九八三年

终于突破海洋的封锁

在底特律镇小聚一月正

一九八四年
约翰·尤查斯
沙丽·琼斯
宣布结婚，
那天
正好是情人节
春风骀荡
繁花纷纷

说不幸
还不如说幸福
正想说幸福
又说成了不幸
上帝
这样的韵事，
还是少来的好
爱情与青春

是"一"，是同义词

青春远而远

爱情

不过是个没有轮廓的剪影

尤查斯

沙丽

怜　惜

难说是爱情

为什么青春才是爱情

不懂吗

那你一辈子

也算不上情人

对于你这样的笨伯

我打个比喻吧

枯萎的花

哪里来的

芳香　艳色　蜜晶

怪谁

怪战争

悠悠相思四十年

啊　时间的回纹针

牛奶·羊皮书

牛奶中

有牛的力气

羊皮书中

有羊的智慧

我天天喝牛奶

长久不读羊皮书了

论智慧

现代才可能有

现代又一无智者

本世纪的天之骄子

假装要自杀

叫世界殉葬

世界呢

早就油掉了

1987

骰子论

宇宙
合理庄严
均衡伟美

因为
上帝
不掷骰子

上帝
即骰子
它被掷了

1987

醉　史

殖民时代
美国人栽苹果树
为的是酿酒

新英格兰
四十户人家的村落
每年酹造三千桶苹果酒

不知是谁说的
水有害健康
乞丐才喝水

那时
整个美国成天醉醺醺

儿童也不例外

猫和狗都饮酒

火车也饮酒

反正它有轨道哪

1990

论鱼子酱

礼物太精美

受礼者不配

千元美金

买十四盎司鱼子酱

街头喂鸽群

绝笔的心情

日日写诗

再无什么可悦

悦温带

而春而夏而秋而冬

何其壮丽的

最后的审判

最后会来，审判不来

何其寒伧的

没有审判的最后

1990

论 白 夜

很想
以身试白夜
它使人沮丧
也能使我沮丧么

时钟滴答
灯烛明煌
我旁若无白夜
过我的贴身狂欢节

谁愿手拉手
向白夜走
谁就是我的情人
纯洁美丽的坏人

1991

湖畔诗人

烛光

湖水

草尖上的天

马嘶

野烧的烟味

这是我呀

都被分散了的

一焰我

一粼我

一片我

一阵我

一缕我

散得不成我

无法安葬了

1992

冬旅新英格兰

湖水是我的保姆
她的围裙是绉边的

野鸭游过来说
住在纽约就是错

我说我怕感冒
野鸭说感冒不怕你吗

她的围裙是绉边的
湖水是我的保姆

1992

论 悲 伤

不过我所说的悲伤

和别人所说的悲伤是两样的

论 幸 福

屋外暴风雪

卧房，炉火糖粥

暴风雪，糖粥

因为一个我

所有的幸福

全是这样得来的

1994

它们在下雪

雪就越下越大
我是说雪朵的大
从未见过这样大的雪
像绣球花，飘飘绣球花
不停，尽飘不停
我开了门，直视
雪朵也快乐自己的大
小的也有孩子手掌那么大
必是好多雪片凑在一起
松松，虚虚，团团的白
地面屋顶很快就全白了
雪的浩浩荡荡的快乐
我的快乐就比不上
雪是飘的，我呆站着

1996

阿尔卑斯山的阳光面

早晨，滑雪

山间小溪钓鱼

下午，海滨游泳

葡萄园劳作，饮酒

每个村庄有一座教堂

静静的巴罗克尖顶

客栈，小学，坟场

野花开遍斜坡山谷

卡穆尼克对面层峦起伏

是奥地利吗，是奥地利

大山羊颈挂铃铛，领头

小山羊不好好走跳跳蹦蹦

没多时已登上了帕尼瓦峰

消失在淡青的云雾中

红，白，紫，黄

斯拉维尼亚到处是花

矮矮的小杜鹃最兴奋

恣肆占有坡地

卡穆尼克的 SADDLE

山头上坐满了人

捧着啤酒，咖啡

跳波卡舞的不仅是青年

在南美担心被抢被偷

匈牙利，布达佩斯真的老了

布拉格游客多得莫名其妙

唯这斯拉维尼亚

文雅的乡土

纯正的乡土味

原来只有乡土味才是文雅的

1989

旗　语

有人蓄意将四月列入最残忍的季节
而五月曾是我欲望帝国连朝大酺的宴庆
情窦初开五月已许我以惨澹的艳遇
随后更不怕恩上加恩就像要煮熟我的肉体
我禀性健忘任凭神明的记忆佑护我记忆
以致铭刻的都是诡谲的篆文须用手指抚认
这样才有一幢阴郁旧楼坐落在江滨铁桥边
江水混浊帆影出没驰荡长风腥臭而有力
吹送往事远达童年总是被我怨怼阻止
有什么少艾呢我憎恶少艾弃捐天贞为时太迟
静候在门后楼梯的每一级都替我悄然屏息
雕花木扶栏上的积灰会污了潮润的手指
不及看清你已入门我一一褪尽你的衣衫
全裸喘息酥融咿唔金银蛇也似的缠紧了

肩上有阳光唇上有尘土腰背有汗和阵阵弹力

说荷兰全是郁金香你却像步行而来的摩尔人

你又是加橄榄油炒了吃的软刺的仙人掌

江上的轮船汽笛长鸣悠曼宛如你我过后方知

港口泊满各国舺艋飘扬五色小旗说的是什么

不解旗语我们只道风吹猎猎一起为了美丽

江海关的钟声应知情欲是免税的全球通行的

大都会颠顶辊动我们灵巧掀腾浃骨沦髓

美人鱼和半人马的上身怎抵得过我俩的下肢

五月之槐之杨之柳明年不再绿了似的尽兴绿

万叶都像上釉发亮你的皮肤也是五月的贡品

三月的筋骨四月的韧带全体肌肉快六月了

多风浪的你胸脯是只淹毙一个泳者的小海小小海

你是我的私家海独立海大街上涌来涌去的算什么

去看看夏季的鞋吧那种几乎把脚全露出来的鞋

网眼白衫最配你故意晒黑了以称我心意的肤色

吸完这支烟谁又得受尽凌迟鼻尖舌尖都凉矣

烟薄荷味须火药味我是门户上方红漆的公羊头

第一次你多么慌张我说草垛间的假的那一次

真的一次分明什么都崩溃了犹如酒窖的坍塌
晨醒并不乏呀朝阳射在你小腹上的群群瞬间
廿五分钟的云蒸霞蔚追胜于彻夜的风狂雨骤
我们以舞蹈家的步姿在清亮的大气中越陌度阡
麦浪起伏芒丝时而疏白时而密黄阵阵铺向天沿
云雀飞着叫着叫着飞着从半空敛翅直跌下来
五月的乡村只要晴朗便是卉木共贺的情侣佳节
坐车觉得车在云中驰乘船像是船在镜面滑行
你是乳你是酪是酥是醍醐是饱餐后猛烈的饥饿
在著名的殖民地街上买蓝条衬衫阔的狭的都要
帆布软底鞋捷克的玻璃壶四个同是茶褐色的杯
从此我们见一次面媾一次婚午夜沙滩雨中墓地
命运注定要啮要舐要挼要吞要幽禁要入狱服刑
我始终听从五月的荒谬启示性为贵而情爱随之
在你如蒜如麝如桉叶如蓼茭的体香中我睡得安稳
我变为野蛾扑火飞蝗掠稻那样放纵贪婪可是真的
想起你尽想起奶晕脐穴腋丝阜茸手指脚趾
粉桃郁李你属于郁李的一类别以为我混淆了特性
经得起抚弄的爱之尤物惯受我折腾的良善精灵呀

218

何必追逋往事我们酷似每年的五月一绿全绿
江滨旧楼仍在木栏雕花的积灰仍在三盏灯仍在
水上的汽笛风里的钟声我像三桅大帆般地靠岸了
飘飘旗语只有你看得懂仍是从前的那句血腥傻话
无论蓬户荆扉都将因你的倚闾而成为我的凯旋门

1992

论 诱 惑

"我能抗拒任何事物
除了诱惑"（王尔德）

我能抗拒任何诱惑
直到它们被我所诱惑

咆　哮

人，从前是有灵魂的
又叫作心，画出来很好看
大战后，灵魂猝然失落
先还在问失落了什么
稍后失落感也迷茫失落了
头脑披满长发，没有记忆
胴体和四肢里尚留记忆
歌手们嘶声嗥叫跳踊
不是头脑在唱，是什么呢
是肩和背在唱，手和脚在唱
悲凉，直着嗓门咆哮
这是肩和背的悲凉，脚和手的悲凉
扭摆着，比划着，无知已极
这是大幅度无知已极的悲凉

1996

末 期 童 话

我独自倚着果核睡觉
今日李核
昨日梅核
明日桃核

我倚着果核睡觉
香瓤衬垫得惬意
果皮乃釉彩的墙
墙外有蜜蜂，宇宙

此者李
明日余睡于桃犹昨日之梅
不飨其脯不吮其汁
我的事业玉成在梦中

其实，夫人
余诚不明世故
何谓第四帝国的兴亡
夫人？

我的预见、计划
止于桃核
世人理想多远大
我看来较桃核小之又小

昨梅核今李核明桃核
我每日倚着果核睡觉
忙忙碌碌众天使
将我的事业玉成在梦中

索 证 者

锦盒合时，搭扣的一响
饼干光致的细孔
港埠晨曦淡淡密立的樯桅
秋午晴，坚果堕地的弹跳滚动
山庙斋厨石槽边的海棠花
市镇小巷黄昏炒青菜的油香
雷雨后打靶场四周的水田蛙声
灯烛熄前，礼节性的亮了亮
乡村车站杂货铺褪色的糖果
水手们说腻了又丢不掉的脏话
幽谷，很快直升到峰顶的白云
稻草堆间红晕的脸，颈上的汗
旧货摊暗暗夺目的廉价神品
少女如泻的秀发，天文台的蒲公英

雄孔雀金碧辉煌的荷尔蒙

童稚全真的假笑，耆翁偶现的羞涩

南极落难的青年梦中的花生酱

宫廷政变老手寥寥数句的优雅便简

理发店奔出湿淋淋的半人马

阳光普照，成熟麦田伟大的黄

莽汉动情时颊上妩媚的酒涡

寂寂佛胸的卍，猎猎盗旗的卐

冬日旅途，烟斗微弱而持久的体温

腊肉悬在阳台风日中的渐悟

大战后只身提箱来访的情人

食物刚煮熟时悦目的和善

它们，她们，他们

每有所遇，无不向我殷勤索证

跟 踪 者

酒店，咖啡店
散步途中
尼采和朋友
总觉得被人盯梢

后来一打听
是有
是有人
——屠格涅夫

哈理逊的回忆

屠格涅夫来了

我被派去领他参观

我敢请他说几句俄文么

他那模样像只白狮子

阿呀呀，好一口流利的英语

令人失望透顶了

普罗旺斯

连朝秋雨

放晴

空气飘松香

一片澄蓝天

鹰飞高高，叫

游客渐稀

小镇恬静

翠绿转金黄

葡萄串串剪

柳条筐，弓着腰

就地午餐

睡一忽儿

筐重三十斤

继续剪葡萄

夕阳西下

厚实大木桌

陈年佳酿

简明的笑料

开怀畅饮

普罗旺斯夜晚

饱食坡上草

绵羊要下山过冬

一路多少小镇

安排茶水，搭大棚

摊贩云集

茸毛拖鞋

羊皮背心，蜂蜜

橄榄油，乳酪

制作时的照片

给地址，请来农场看看

葡萄藤烧

烟味甜丝丝

小羊排蒜香

腴嫩鲜美

阿尔卑斯山的草喂的

一簇野花

一件披风，一段松干

洒然摆在摊上

长猎枪，山猪头

那是卖野味的

明年葡萄熟

羊群又要经过

秋天就这样

秋天

普罗旺斯

1994

知 与 爱

我愿他人活在我身上
我愿自己活在他人身上
这是"知"

我曾经活在他人身上
他人曾经活在我身上
这是"爱"

雷奥纳多说
知得愈多，爱得愈多
爱得愈多，知得愈多

知与爱永成正比

雨后兰波

一次庞德式的迻译

洪水之后

I

洪水的观念渐渐淡薄

一只兔子在驴食草和铃铛花之间停步
站起来，从蜘网下仰对长虹祈祷

宝石隐没了
花朵却张目环眺

污秽的街上
摊头纷纷摆开

有人对版画上的海船开枪

在蓝胡子家，鲜血直流
在屠宰场，马戏团
血注涌，奶水倾泻

海狸筑巢
北方小咖啡馆
热辣辣的玛札格朗香气四溢

邸宅雾霭缭绕
许多玻璃窗开着
丧服的稚子凝视不可解的遗像

小镇广场
一个孩童挥舞双臂
雷电交作
钟塔上的风信鸡旋转不停
某夫人在阿尔卑斯山上放一架大钢琴

教堂十万座祭坛前弥撒和初领圣体仪式

进行着

沙漠商队拔营而去

在白冰与黑夜之间

辉煌大厦破土升起

之后，月神听到沙漠上豺狼长嗥

果园中踏着木屐唱嘶嘎的牧歌

紫色乔木林，抽芽苗长

神明宣告，春已降临

池水幽咽无声

浊浪淹没林地

黑毯和管风琴

来吧，洪水来吧

因为自从洪水退去之后

宝石深埋，百花盛开

还有女巫在土钵里吹燃红炭

彼之所知，我所无知

她是再也不愿说给我们听了

II

是她，死去的女孩

伫立蔷薇丛后

亡母款款步下石阶

表弟的四轮马车

小弟（他在印度）

在石竹花灿烂处

面对夕阳

墓地，紫罗兰

这家的老一辈早已入土

将军府邸四周黄叶堆积

这是南方

沿着红土大道匆匆而行

赶到，竟是一家空空的废旅馆

城堡等待出售

百叶窗凋败零落

神父把教堂锁了

带着钥匙一去不返

花园的卫舍无人影

围墙这么高

但闻树梢萧萧

其实也没有什么可看的

草坡这样延伸到小镇上

雄鸡没了

铁砧不见，也没了

河上的闸门空吊着

啊，沙漠，灾劫

磨坊，岛屿，草垛

中邪的花喃喃

倾圮的山坡催人入眠

奇丽的兽逡巡相逐

归于灼热之泪的那种永恒

造成海涛汹涌

云气郁勃，壁立如山

层层腾高，阵阵远去

Ⅲ

予也圣徒

祈祷于高台

若驯良小兽

啮草

直啮到海滩

予也学士

端坐于靠椅

屋顶柯枝交错

阴雨

连朝潇淅

予也大道之行者
水声淹没履声
西岸日落
一片
浣衣的皂沫

予也弃子
被抛于涯涘长堤
哀哀贱奴
匍匐
抬头额触苍天

IV

我的墓穴
士敏土砌的
刷上白垩
于洼地深处

竖肘支颐

灯光照着报纸

真蠢

我把它一读再读

在我头上

狰狞的大都会

烟雾弥漫不散

泥浆红红的

在我墓穴周围

是下水道，四面八方

哦，地球的厚度

除此别无所有

愁苦不时袭来

我想玩玩蓝宝石色的金属球

寂静空洞由我主宰

拱顶的气窗又露微明

古　意

婉娈呵，牧神之子
花冠覆额
阴影下双眸耀如宝珠
颧颊沾染棕粉，清峻似削
你的贝齿闪着幽光
你的胸像一架齐特拉琴
有什么声音，和谐啊
从你臂弯间流出
看得见你的心在怦怦弹动
小腹中雌雄两性沉眠未醒
夜来，就轻摇这条右腿
还有左边的同样金茸毛的长腿

人　生

我是一个发明家
我的功绩大异于先辈

244

就算是位音乐家吧

我的出现也不只是爱的秘密

到如今，天时地利都失尽

绅士落魄，前尘如梦

想当年凭一双泥靴走去学手艺

还几度成为文苑法庭上的被告者

鳏居五六次，婚娶三四次

纵若此，我也没有妥协的襟怀

我有我幽僻的欢乐

说起来也不曾懊悔

我呀，一个极坏的怀疑主义者

就只是以后不再暴露我的怀疑了

我等待，到那天

变成一个万恶淋漓的疯子

出　　行

够了，色相在空中处处遇合，交媾

够了，城市喧嚣，黄昏，卓午，直到永远

够多了，生命停滞，崩断

新的情爱的音乐响起，再度出行

王　权

晓色晴美

有一男一女，状貌清俊

在广场上高叫

公民们，我愿她成为皇后

我要作女皇

她笑，颤抖，他颤抖，也笑

双双倒地不起

事实：这天上午，他俩就是皇帝，皇后

这天上午，家家屋前挂出鲜艳旗子

猩红的丝幔

这天上午一男一女沿着棕榈大道

威严地向前走去

桥

灰水晶天空

桥与桥结形

长直的桥

拱顶桥

与桥相连的折角斜桥

在河的亮流中交错

两岸一座座圆顶教堂下沉了

这许多桥

竖着信号柱

没有信号标帜

清婉的管音吹起

弦声从陡峭的河岸飘来

仿佛有红裳闪过

也许是乐器在移动

粼粼蓝灰波纹

宽阔得像荡漾的海湾

一道白光劈空而下
全体消失，颜色和声音

轮　　迹

夏日黎明
庭园右隅的绿荫
雾，声音
左坡潮湿的大路
紫影幢幢，轮迹无数

真的，大车载着木雕金漆的异兽
桅杆挂起五彩帆布
由花斑马拉着疾驰
娈童和莽汉骑坐二十辆大车
旌旗招展，花叶纷披
那种故事里常讲的四轮的富丽马车

还有乌云般的华盖，下有棺材

由许多匹蓝色的牝马牵运

飞快驶入黑夜的帷幕中

黎　　明

拥抱夏天的黎明，我

宫殿，一切静止

树圻倒了，荫影留驻不去

我喘息着走过

宝石们向我眨眼，鸟翼无声掠飞

小径已布满苍苔

这里第一件大事是花说出了它的名字

我对金发的 Wasserfall 笑

她在河岸上像乞丐一样地逃了

大路高处，月桂小林边

我抓住面纱把她紧紧拥抱

约略感到她胴体硕大

黎明和孩子一起跌倒在树下

醒来时已正午

花　　卉

冉冉丝带

灰莹莹轻纱

碧绿天鹅绒

青铜圆盘盛着阳光

我在金阶上俯眺

只见那株迪吉塔尔

银线，清眸，秀鬘

交织成地毯

玛瑙镶嵌的斗拱

桃花心木雕柱

支撑起翡翠穹隆

雪一般的缎匹

红宝石琢出倚栏

围立在花蕊形的喷泉边

如神目大张

海天一色间

绽放无数刚健的玫瑰

通俗小夜曲

风来兮，如大歌剧喧哗的裂口

吹得朽蚀的屋顶乱转

吹散了家庭的界限

踏着石雕怪兽的喷水口

顺常春藤而下

我登上一驾四轮马车

凸面的玻璃窗

紧蒙皮革的厢壁

翘翘的软座

标明马车属于什么朝代

我长眠其中的灵柩呵

我这类愚蠢的牧人的阴宅呵

在无形的大路上掉头拐弯

窗上有淡月舒缓变形

木叶森森，横峰侧岭

黛绿玄靛回荡流奔

风来兮

吹散了家庭的界限

冬天的节日

轻歌剧中的小茅舍

瀑布溅溅

悬灯果木林

小溪蜿蜒流过

暮色红绿缤纷

贺拉斯的水仙

梳上第一帝国时代的发式

布歇画的西伯利亚环舞

中国环舞

大 都 会

奥西昂

蔚蓝海岬

红酒似的天空

漂洗桃色兼橙色的沙滩

花岗石大道

淫乱的穷小子住在路边

吃蔬菜水果商扔掉的食物

天空扭曲，延伸，坍落

浓雾，黑烟

只有服丧的海洋才这样

头盔，车轮，小艇，马匹

从沥青的沙漠上，溃不成军

抬头望，拱形木桥

撒马利亚最后的菜园

长夜寒风吹灯

尽是涂彩的假面具

河岸飘过黄裙的小水仙

豌豆圃中闪光的骷髅

那种叫"心和妹妹"的残忍花卉

Damas damnant de langueur

就是外莱因地区，日本

拉瓜尼神仙故事中的贵人属郡

只有他们还能接受古代音乐

还剩些小旅店永远不开的门

剩些王妃，公主
如果不觉得太吃力
还可研究星象学
对付茫茫天宇

野　　蛮

经过多少日子，季节
尚有无数的人，国
血肉模糊的旗竖在绸缎般的海面
竖在北极的繁花丛中

别炫耀迂腐的英雄主义
它还撞着我们的脑和心
避开，越远越好
那亘古就有的瞬间谋杀

啊，血肉模糊的旗竖在绸缎般的海面

甜的镇定

烈焰洒下阵阵冰霰

澄澈

和平

我们的心为我们在尘世炭化为永恒

我们的心抛掷金刚钻

啊，世界

至今还听到古老的欲火的爆裂

洁白浪花，音乐，星云旋转，冰山撞击

啊，镇定，世界，音乐

尚有形式，汗液，长发，俊眼

乳色的泪，啊，和平，甘洌

火山深底北极洞窟的女妖絮语

旗……

青春 二十岁

废除一切格言

肉体的变质真可悲

Adogio

啊，青春有说不尽的利己主义

勤勉，好学，乐观

今年夏季，世界怎么会有这许多花

曲体和曲式都快死了

合唱，失魂落魄

神经老是打滑打滑

组不成一支夜旋律

青春 II

沉湎于 Adogio 之诱惑你依然如故

浓缩的嬉戏是你所热中

幼稚，傲慢，邪僻，沮丧，消沉，恐惧

有些苦事你总得去做

完美和谐的建筑学可能性在你四周盘桓

许多奇异的未尝见过的故实将是你的经验

畴昔的闲散，无为的奢华

也可以成为你的贴身记忆

你的记忆一旦化出感觉便起了造物的冲动

世界么

假如你离去，远远离去

今日之外观都将荡然无存

历 史 的 黄 昏

譬如吧

有一天黄昏

心地纯朴的流浪者

从我侪所处的经济恐慌中抽身而出

以大师之手

将那管风琴奏得兴高采烈

如茵芳草上的管风琴
池塘深底的玩牌戏
圣母，戴面纱的修女
还有一位和谐之子
还有夕阳
唯传说才可能的诡谲云霞

猎人和马队呼啸而过
黄昏颤栗不已
露天舞台上
剧情一滴一滴，滴下来
穷人和弱者，困惑于
愚蠢的七个层次间

德意志按照自身的见识
筑起通向月球的木梯
鞑靼人将沙漠焕发虹彩

古代的叛乱位于华夏中心

凭借凤墀和龙椅

一个小心的平庸的世界成立了

此乃阿非利加和欧罗巴是也

之后，一场海洋和黑夜的可知的芭蕾

还有无价值的化学

崩溃的旋律

不论在哪里

邮车能带给我的

全是布尔乔亚的妖术

人的这种氛围

连最蹩脚的药剂师也认为不堪忍受

这种物质的肉体的瘴气

想一想，就一阵剧痛

不，不

窒热的气候，海洋干涸

大地窜涌，行星撞击

这一切究竟何时发生
圣经和命运女神都讳莫如深
哦哦
真没有留下什么后果

H

任何奇形怪状皆有悖于 Hortense 的残忍气度
孤独是性欲的机制
慵懒是情爱的活力
在童年的监护下
她是有史以来众多类族所盛赞的卫生之道
大门向灾难开

道德宣告解体，恣肆成其行为
哎，鲜血满地
煤气灯照着
不熟练的贪欢阵阵颤栗
去找，找 Hortense 去

守 护 神

他是恋情
他是今天
他把房门开向
雨雪淋漓的严冬
火焰喧阗的酷暑
他吞食并净化酒和肴浆
他是情好
他是未来，力，爱
兀兀于怒气和愁思中
漫天风暴，倒偃的旗

他是度量
他是节奏
他是不可逆料的理
他永恒，受人推戴
其姿质若命运定夺之机械
他的特许，我们的礼让

他，他迷，他贪生命而痴眷我们

我们呼唤，他远引天陲
他嘘气成云
他有无数好头颅
他自决航程
形骸与举动之完美
完美有不可思议之速率

新暴力，俊爽闲雅之溃疡
啊，他和我们，轻狂
此失去已久的仁慈更宽宏的桀骜不驯
人世哪，无前例的灾劫，晕眩之歌唱

他认识我们所有的人，因为他爱
冬夜，从海岬到海岬，汹涌以袭城堡
从这些方位视角到那些方位视角
气尽力竭，吆之，眺之，送之
潜于潮浪下，仆于雪原上

群起而追捕他的眼

他的息，他的肉，他的命

                    1991

啊 米 沙

1

去年秋天的信上
翻覆埋怨你的沉默
你回信说
读得十分痛苦

啊米沙
凭上帝的爱
别生我的气想想我
一颗被人抛弃的石子

我在此地
孤立生活

避免惹人注目
一如往昔

尤有甚者
五年来
我和一个警察
共度光阴

偶尔上天赐我
完全独处
我内在的东西
已被扼杀了很多

也生出新东西
我曾经提到过的病
类似癫痫
又不是癫痫

2

我看透了莠氓
盗贼的作为
小人物的命运
我没有白费时间

对于俄国庶民的了解
敢诩数一数二
有点自鸣得意
希望你能见谅

大家设法宽慰我
说都是老实人
我惧怕老实人
甚于惧怕有心机者

3

冻彻骨髓

坐十个钟头的无篷雪橇

站上暖和的房间

也无济于事

一八四九圣诞夜

十二时

镣铐第一次加诸我身

它们重约十磅

步履维艰

心如铅沉

脉搏跳得特别怪

反而不觉得痛苦

野外清爽的空气

有恢复精神的效益

在一切新经验之前
总会有奇异的活力和渴望

4

无篷的雪橇上
一路张目远眺
喜气洋洋的彼得堡
屋舍灯火通明

驶近你的家宅
你告诉过我
孩子们要跟爱弥丽
一起去参加圣诞宴会

啊那幢房屋
我心摧割
时隔多年还记得
向它们这样暗暗道别

抵雅洛斯拉渥

天泛鱼肚色

史罗塞堡小客栈

我们牛饮了一番

八月监禁六十里雪橇

饕餮亢奋的胃口

至今思之

犹有余乐

5

跨越乌拉山脉

才叫凄惨呢

马匹和雪橇深陷雪地

时已夜晚

从雪橇上爬下

站着一直等

等它们救出来

四野狂风暴雪

立在欧洲亚洲交界线上

眼前西伯利亚不可知的未来

背后我们过去的一切

这时才泪如雨下

一八五〇年一月十一日

来到托包斯克

当局检查搜身

把钱悉数取走

那少校柯里富佐夫

难以想象的小暴君

某某因睡觉向右不向左躺

从头到脚一顿鞭刑

6

天气冷得水银也凝定
小窗子两面结冰
到处有透风的罅缝
整个冬季零下四十度

鄂木斯克穷乡僻壤
一棵树也没有
需要书和钱
尤其是黑格尔的哲学史

几乎全部是军人
肮脏放荡极了
要不发现一二良性者
我真会愤懑而堕落

早该拆除的木房子
壁板全已腐烂

地上污秽一英寸厚

窗棂上冰厚三英寸

前面一个大木槽

供便溺用

几乎无法呼吸

囚犯自身也臭得像猪

没有席垫

短袄作盖被

两腿总露在外面

夜复一夜受冻

7

再爱

开始新的生活

一想到这个

我就恶心

这才明白

已死者

非可代替

新的爱无由也不应该

模糊的怔忡

绝望的状态

未曾有过的心情

十足寂寞

注：此七章，皆以陀思妥耶夫斯基在西伯利亚所写的信为蓝本，仅加整饬。尼采认陀思妥耶夫斯基为"唯一有以教我的心理学家"，他庆幸这意外的收获，甚至比发见司汤达尤有过之——我则尊尼采与陀思妥耶夫斯基为一对伟大的"括号"，尼采是"("，陀思妥耶夫斯基是")"，凡我服膺的先辈，都在此括号中。

夕　殿

回廊止步自问

而今所剩何愿

曰无　都不必了

蓦地兴起一愿

髯髯若爱尔兰之叶芝

挥华服俱去

裎身御风而行

祭叶芝

蔚蓝终于拜占庭航向绸缪你卸尽诗章，
余亦识众星如仪罗盘在握嗟夫圣城覆灭，
迟来者半世飘流所遇紫霭沉沉中途岛呵。
预言吗我能，你预言荣耀降临必在二度，
除非眉额积血的独生子换了新父，我预言。
恺撒海伦米开朗基罗都曾长脚蚊过来的么，
平素拒事体系的我盈盈自限于悲喜交集，
竟然伸攀信仰，翡翠怀疑指环蔓卷的手。
吁，形弹貌衰心绽智扬，夜阑记忆大明，
圣苏菲亚殿堂未启柏拉图院门未掩，那时，
啼唱啼唱那株金打银造的树上璀璀璨璨，
那只人工的鸟闪烁其辞便是一样的我。

魏玛早春

温带每个季节之初

总有神圣气象恬漠地

剀切地透露在风中

冬天行将退尽

春寒嫩生生

料峭而滋润

漾起离合纷纷的私淑记忆

日复一日

默认季节的更替

以春的正式最为谨慎隆重

如果骤尔明暖

鸟雀疏狂飞鸣

必定会吝悔似的剧转阴霾

甚或雨雪霏霏

春天不是这样轻易来

很像个雍容惆怅威仪弗懈的人

也因有人深嗜痼癖很像春天之故

温带滨海的平原

三月杪地气暗燠

清晨白雾蒙蒙

迟至卓午才收升为大块的云

逗在空中被太阳照着不动

向晚　地平线又糊了

有什么愿欲般的越糊越近

田野阡陌迷茫莫辨

农舍教堂林薮次第浸没乳汁中

夜色反而不得按时笼黑

后来圆月当空就只一滩昏黄的晕

浩汗的矜式

精致的疑阵

春天虽然很像深嗜痼癖的人

那人未尝预知春天与之相似

寒流来时刮大风

窗扉严闭的居室

桌面一层灰　壁炉火焰如画

恬漠剀切的神圣气象隐失

这就看柳和山茶　木兰科的辛夷

木犀科的 Jasminum nudiflorum

可知行程并未停顿

如果远处一排柳

某日望去觉察有异

白雾含住淡绿的粉

那已经是了

无数细芽缀满垂条

儇佻　磊落

很像个极工心计又憨娈无度的人

但春天怎会是个人

花的各异

起缘于一次盛大的竞技

神祇们亢奋争胜

此作 Lily　彼作 Tulip

这里牡丹　那里菡萏

朝颜既毕　夕颜更出

每位神祇都制了一种花又制一种花

或者神祇亦招朋引类

故使花形成科目

能分识哪些花是神祇们称意的

哪些花仅是初稿改稿

哪些花已是残剩素材的并凑

而且滥施于草叶上了

可知那盛大的比赛何其倥偬喧阗

神祇们没有制作花的经验

例如 Rose

先就 Multiflora

嫌贫薄　改为 aeieularis

又憾其纷纭　转营 indica

犹觉欠尊贵　卒毕全功而得 Rose rugosa

如此则野蔷薇　蔷薇　月季　玫瑰

不计木本草本单叶复叶

它们同是离瓣的双子植物

都具衬叶　花亦朵朵济楚

单挺成总状　手托或凹托

萼及花不外乎五片　雄蕊皆占多数

子房位上位下已是以后的事

结实之蒴之浆果也归另一位神祇料理

盖盛大而历时颇久的比赛告终之夕

诸神倦了　软弱了

珍惜起自己的玩物来

愿将繁殖的遗传密码纳入每件作品

谁篡密码　诸神中最冷娴的一位

也许它逡巡旁观未曾参赛

竞技的神都倦了软弱了

那些不称意的草稿

残剩素材的并凑物误合物都没有销毁

冷娴的神将密码

像雨那样普洒下来

诸神笑着飞去了

天空出现虹

地上的花久久不谢

因为是第一代花

后来的植物学

全然无能诠释花的诡谲

嗫嚅于显隐之别被子裸子之分

那末花之冶艳不一而足

其瓣其芯其蕊其萼其茎其梗其叶

每一种花都如此严酷地和谐着

它们自身觉识这份和谐吗

兽鸟鳞虫能稍稍感知这份和谐吗

植物为了延种

借孢子借核仁借地下茎便可如愿

花叶平凡的植物的生存力更强旺哩

而 Cryptogamia 呢

羊齿植物藓苔菌藻无花果不是到处都有吗

琴丽绚烂的花卉岂非徒然自尊自贱了

花的制作者将自己的视觉嗅觉留予人

甚或是神制作了花以后

只好再制作花的品赏者

有一株树

曾见一株这样的树

冬季

晴和了几天

不觉彤云叆叇

万千乌鸦出林聒鸣飞旋

乡民谓之噪雪

称彤云为酿雪

风凛冽

行人匆匆回家

曾见一株树在这样的时日

枝头齐茁蓓蕾

淡绛的星星点点密布槎条

长势迅速　梢端尤累累若不胜载

际此霙雪纷纷下

无数花苞仰雪绽放

雪片愈大愈紧

群花朵朵舒展

树高十米

干围一点五米

叶如樟似杨

顶冠直径十余米

花状类乎扶桑之樱

色与雪同

吐香清馥

冬季中下几遭雪

发几度花

霰霙之夕

寂然不应

初雪之顷无气息

四野积雪丰厚

便闲幽馨流播

昼夜氤氲

雪销

花凋谢

植物志上没有这株树的学名

中国洞庭湖之南

湘省　洞口县　水口山

树在那里已两百多年

一八三二年冬末　春寒阵阵

三月十五日歌德出了一次门后感冒了

好转得还是快的　起床小步　盼望春天

二十日夜间忽然倒下　应当请医生

他拒绝了　二十一日

只见他时而上床时而坐到床边的靠椅

惊恐不安　佛格尔大夫缓和了他的苦楚

已经完全没有气力

二十二日十一点半　歌德死

那天是星期四　星期五清晨

弗列德里希开了遗体安放室的门

歌德直身仰卧

广大的前额内仿佛仍有思想涌动

面容宁适而坚定

本想要求得到他一绺头发

实在不忍真的去剪下来

全裸的躯肢裹在白色布衾中

四周置大冰块　　弗列德里希双手轻揭白衾

胸脯壮实宽厚　　臂和腿丰满不露筋骨

两脚显得小而形状极美

整个身体没有过肥过瘠之处

心脏的部位　　一片寂静

他在弥留之际　　曾问日期　　并且说

这样　　春天已经开始

我可以更快复元了

八年前　　春天将来未来时

歌德以素有的优雅风度接见海涅

谈了每个季节之初的神圣气象

谈了神祇们亢奋的竞技

谈了洞庭湖南边的一棵树

又谈到耶拿和魏玛间的林荫道

白杨还未抽叶　　如果是在仲夏夕照中

那就美妙极了　歌德忽然问

您目前在写什么

海涅答道　浮士德

当时歌德的浮士德第二部尚未问世

海涅先生　您在魏玛还有别的事吗

从我踏进阁下府门的那一刻起

我在魏玛的全部事务都结束了

语音才落　鞠躬告辞

这是十分歌德和十分海涅的一件事

即使到了春寒料峭的今夜

写浮士德这个题材的欲望还在作祟

都只因靡菲斯陀的签约余沈未干

葛莱卿做了些事　海伦与欧弗列昂没戏做

终局　浮士德的仆倒救起何其易易

神话史诗悲剧说过去就此过去

再要折腾　况且三者混合着折腾

斯达尔夫人也说是写不好的

而当时　海涅告辞之后

歌德独坐客厅　未明灯烛

久之　才转入起居室

海涅蜷身于回法国的马车中

郊野白雾茫茫

也想着那件实在没有什么好想的事

1988

《凡·高在阿尔》观后

大都会博物馆看罢

《凡·高在阿尔》

下午四时

森丘帕克树树皆凡·高

后面的天凡·高天

小便急了

钻进树丛

SOS 过后

又是一个心旷

神怡的男子

但见枯草地上

狼狗逐松鼠

松鼠没命地爬上树

上帝之德　历历可指

（狼狗转身追鸽子

鸽子扑翅飞起

上帝之德

真是历历可指）

狗在草地

松鼠在树上

鸽子在空中

凡·高在博物馆里

我在路上走

下午六时了

曼哈顿第五大道

圣诞节前三天的路啊

上帝之德真是左右历历可指

上帝

从早晨到此刻

我吃过一只蛋一杯奶

你的鸡的蛋

你的牛的奶

多么快乐呀

就要下午七点钟了

上帝之德无处不是历历可指

从银行里取出一些钱

够买香肠和威士忌

下午八点钟了

我在路上走

狼狗到哪里去了呢

松鼠到哪里去了呢

鸽子到哪里去了呢

凡·高在博物馆里

我在路上走

俄国纪事

I

普希金逝世百年祭
我十岁，十一岁
知道这辈子要
不停地去喜欢他那
有颊髭的自画像了

II

颂赞新鲜蔷薇的
屠格涅夫在法国
天才地置一幢别墅
他那大胡子老友

吃亏就在缺这项天才

Ⅲ

退离舞会
兀立冷风中
马车还没来
我是在借火点烟时
认识莱蒙托夫的

Ⅳ

算叶赛宁最漂亮
爱田园，爱革命
更爱他本人
自恋原也不坏
他犯了自恋的情杀案

1987

夜　谣

尼　采

午夜，流泉之声愈响了
我心亦有一股流泉
午夜，万类安息
谁人吟哦恋曲
我心亦有一阕恋曲

我心更有无名的焦躁
渴望得以宣洩
它从未平静，难以平静
我心中更有爱的诉求
正喃喃自语

但愿我能化作夜
而我却是光啊

扈拥着我的唯有孤独
噢，但愿我是黑暗
我就可扑在光的怀里
饿婴般吮吸光的乳汁
天上闪烁的群星啊
接受我的祝福吧
我不能歆享到你们的赐予
因为我活在自己的光里

予素弗明受者之乐
夺取比受惠更乐
我窘于不停地施舍
我嫉妒乞者的灼灼眼神

啊，施予者的悲哀
饱餐后猛烈的饥饿哟
乞者从我手中得其所需
我触及他们的心了么

我很想凌辱那些受我烛照

攫回我所有的赐予

我多么想作虐啊

夜更浓了

流泉之声愈响了

我的心里亦有一股流泉

我的心中亦有一阕恋曲

叶赛宁

决定了
告别故乡
白杨树叶不再在头上作响

矮矮的家屋会颓倒
守门的老犬已亡故
莫斯科，将执行我的死刑

爱这个纷扰的都市
迷惘的亚洲
在蓝天下昏睡

夜晚月色如水
鬼知道

我拐进熟悉的酒吧

通宵达旦

给娼妇们诵诗

与盗贼干杯

心越跳越快

舌头发麻，言语不清

我这个人跟你一样完蛋了

Parma

帕尔马

米兰与罗马之间

悠静，俨然中世纪

托斯卡尼尼生在这里

帕格尼尼安葬在这里

每届明月当空

午夜之钟响过了

陵园传来小提琴声

是二十四首随想曲吧

不，从来未曾听到过的

卡夫卡的旧笔记

从清晨六点起
连续学习到傍晚
发觉我的左手
怜悯地握了握右手

黄昏时分
由于无聊
我三次走进浴室
洗洗这个洗洗那个

生在任何时代
我都是痛苦的
所以不要怪时代
也不要怪我

再访帕斯卡尔

少年

由于一枝芦苇

认识了

法国的帕斯卡尔。

我望着湄岸

出神，

觉得芦苇很美；

耶稣问道：

"你们到

野地里来

看风吹芦苇吗？"

便答：

"是的，拉比

我是来看芦苇的。"

基督撇开我，

接续喻言下去，

才知道

先知比芦苇大

他比先知大多了。

弥赛亚走远

之后，

芦苇年年

临水而生长

而摇曳，

芦花开了

奶酪一样温茂，

令人忍不住

取来

做成枕芯。

帕斯卡尔是

数学家、哲学家

他选了芦苇

来形容

人的卑微和伟大，

不同于

我这种戆直

安贫又贪玩的想法。

他是雅士深致

悲天悯人。

（法国的山中盗寇

托人到巴黎

买了最好版本的

《帕斯卡尔随想录》

行劫之暇

读几页，

心中快乐）

壮年

由于一只蘑菇

认识了

美国的爱默生。

树林里

深秋的早晨，

他蹲下来

指指一只蘑菇：

"简直像团粉糊

像颗冻子，

它专靠那不停的

推挤，

柔和得

不能想象的推挤，

竟能够

穿过那

凝着霜的泥土，

而且真的

头上顶起

一块坚硬的地皮。"

我比少年时

开悟了些：

"您是用它来

比作

仁爱的力量吗？"

"是的，这条原理

能用到

最大的

利害上去。"

"谁曾用过？

从您的

一八四一

到我的

一九八三年，

没有在

极小的

极大的

利害上看见

这只蘑菇的

推挤。"

"是的，它那效力

被认为过时

被忘怀了……"

"我也知道

如果刀凿不开

人的头颅骨，

就把麦籽

漏进去

再灌水，

不久

硬壳豁裂

声音也没有的。"

我们站起来

他把手放在我

肩上，

爱默生他瘦

显得个子高些。

轻叩

帕斯卡尔书斋

门开了

示意我入内。

"不了，说几句

便告辞的。"

"请说。"

"四十年前

因一枝芦苇

认识了先生。

我向您作证

那句话

历三百二十一年

没有被人忘记。"

"我引以为慰。"

"不，人是

会思想的蘑菇

人除了

谦逊和高尚，

还能作

柔和得不能想象的

推挤，

把头上的

积着霜的硬土顶破。"

"能吗？"

帕斯卡尔柔和得

不能想象地

微笑了。

"您就是。"

"我？不行。"

微笑收去一半。

"您在科学上的

见解，

已给

数学和电脑学

起了

绝妙的作用，

人们都说是

莫大的作用。"

"在道义上

又如何呢？"

“是的。”我摇摇头

“还不见

道义上的……”

“我引以为憾。”

微笑全收。

“告辞了

先生，

您的话流传了

三百二十一年，还会

流传下去。

我的话

会流传吗？”

“但愿

那也是

应该流传的。”

“您知道

凡是应该的

都会消失似的

凡能存在的

都是不应该似的。"

"我的一句

为什么

还存在呢？"

"例外

任何事物

都有其

例外。"

"您可等待

另一个例外。"

"不等了，先生

您能把我的话

重复一遍吗？"

"您说

人是会思想的蘑菇。"

归途，夜寒料峭

月光如水，

忘了该

对帕斯卡尔说

这句话

是爱默生

引起的，

一句话中

夹杂着三个人

不加申明，不安心，

返身朝那

芦苇丛中

亮着灯光的书斋

疾走，

复穿小树林

虽有月光，

踩坏了

好几只蘑菇。

剑桥怀博尔赫斯

一从没有反面的正面来
另一来自没有正面的反面
克雷基街上即兴考证
如梦邂逅（以前也曾走过）
克雷，克雷基，塞尔特苗裔
苏格兰瓜飚绵绵，嗟夫
与阿根廷有涉与支那何涉
难改的这是很坏的习性
随时分神于莫须有的琐思
抑郁男子的又一不祥特征
灰红窄巷，俄罗斯逃亡之钟
楼群疲惫地亢奋着
情似童年赖学的窒息邸馆
西席长老殷勤推溯

卒叩先祖姬昌，于岐山麓下

羑里之土今犹在（以前也曾走过）

散宜生胤嗣未见出没于北美洲

是故朗费罗与我何涉，你提起他？

譬如在巴黎，垂暮冬日迷雪

渊博而浅薄的法朗士与我何涉

你已断决我们济济臣属于爱或炎情

若非臣属怎称叛逆，拉丁美洲算不得布景

这里的河是那边先有了河

对岸的旧屋业已认输，明月独自升起

风寒，残芦寥寥，我被激怒了似的

你也是？常会被激怒似的踽踽退回

斜躺在亚当斯阁二楼客室的白床上

每个抽屉都是空的，我是孤儿

礼拜一去墓园细雨如粉撒落

碣石上的名与宴座上的名同嫌陌生

礼拜二喝方场洼角的阿尔及尔咖啡

混合如巫医煎药，此物差堪解恨

礼拜三买 BARI 烟斗聊慰久疏的收藏癖

晼晚躲进大餐厅的耳房，清酌伊始

有人探首问，这里是哲学桌子吗

这里有桌子，没有哲学，烟斗敲得响如槌

礼拜四 Fogg 博物馆小沙龙的中古绣椅上

坐谈移时，他们把伦勃朗的东西

挂在通向洗手间的过道转角宛如奴婢

礼拜五,十余男女陪我吃宵夜旨在攻毁城堡

诡辩风华在古代所幸时光倒流两小时

烛枝吊灯的尘埃飘浮凉却的汤盆里

哦，事已至此何必吝啬这堆破碎的镜子

记忆的自身就是记忆，就是

比作月光下草地上的影侣（以前也曾走过）

那年噩耗骤传引起我敬羡不禁模拟

紧闭双睑，却见你张目北向凝眸

寄回哥本哈根

已经很多年
流行穿蘑菇色风衣

流行很多年
不好说流行
　　（说什么）

人穿了蘑菇色风衣走在路上
比蘑菇多两只脚

蘑菇圆
人不圆
蘑菇静
人不静

（走来走去）

蘑菇有鲜味

人没有鲜味

人吃蘑菇蘑菇不吃人

我也不吃没有鲜味的人

昨天我在丹麦

寄回波尔多

我不偏爱沙拉

除甜瓜外

也不嗜好其他水果

父亲不喜欢一切酱汁

我喜欢

若就品种而言

没有食物不适于我

新月也罢

满月也罢

秋也罢春也罢

对我的胃纳无影响

拿小萝卜来说

很合口味

继之发觉不易消化

现在又比较好些了

我都是这样在轮换

白葡萄酒红葡萄酒

再回到白葡萄酒

我特别贪吃鱼

忌讳鱼和肉混淆

吃鱼的日子不吃肉

我认为是良心问题

《蒙田随笔》第三卷第十三章《论经验》中有一节写得如此伧鄙直率，令人莞尔慨允别有奇趣，试加分行断句，措置而得以上一首，盖东方之恬淡，欲辨已忘言，而西方之恬淡，忘言犹欲辨也，是诗之可念，殆古今诗薮中之最乏味者哉，中国晚明小品诸家亦将瞠乎其所以，故存之，有待顽仙之俦取乐耳。帕斯卡尔（Pascal）曰："蒙田涉己多烦言。"近人中唯知堂耽此道，惜其未必解诗。

1988

VI

汗斯酒店

我又登鞍上程

已经快傍晚了

马匹跑过很多路

我还想子夜时分

去叩老狄德里希的门

眼看黄昏渐渐临近

六月的热风迎面吹来

天边有些闪电

野草的气息流荡

篱落间透出金银花的芳馨

叶丛下飞着成群的细蠛蠓

可奈我头顶穹隆的东南方

天鹅宫星座发射神圣豪芒

终于我望见盖哈杜斯的田庄

策骑转往树林后的大道旁

通知酒店里的汗斯·奥特逊

央他明天差个人进趟城

为我用小车取回汉堡的箱子

这桩最近要了却的心事

只消敲一下窗扉就可说定的

萤火虫惹我眼花缭乱

教堂巨大的黑影使马儿吃惊

墓地的虼声低抑而繁密

生者死者都在安眠

到了酒店前的池塘边

有那种灯光冲破雾气照来

土提琴和木笛合奏清晰可闻

诸 圣 瞻 礼 节

寂静无声

花园普承月光

树顶勾出边线

时而黑时而银

小池塘整片亮闪

斜径，乳白砾石

云片丝丝缕缕了不久

散……温明圆月

空气和暖滋润

枯叶在霉腐

一只喷壶忘在平台上

灌木杈枒中鸟雀鼓翅

如裙裾的窸窣

叶子从枝头掉落

还剩菊花，金盏花

大丽亚逃过最后那场暴雨

沉重的朵儿俯垂着

风传送凋零的花香

泥土香，雨水香

使人想起从前，年年秋天

诸圣瞻礼节

伛腰向青苔气味的河面

叫喊自己的名字，听回声

扫墓，漫步在乔木林中

喧笑着寻找，寻找

总也找不着的蜜黄的

总有人会找着了的鸡茸蕈

艾　伦

艾伦和我，缓缓举步前行
没有心思走路，不想交谈
二人胸中激荡着同一个意念
已经临近离别的最后时刻了
如果来句笑话，戏谑他的姓氏
或者挖苦我的新服饰、新庄园
开不得口，开口眼泪就要落下
我们择小路走上考司妥芬山
瞭望麓坡的村镇，峰顶的城堡
不言而喻地立定了，是这里了
好吧，再会吧，艾伦伸出手来
再会，我与他握手，大步走下山去
我们谁也没有瞥一眼对方的脸
他还在我视线之内的时候

没有回头挥手，不知他是否望着我

当我来到西寇克，格拉斯玛克特

熙熙攘攘的人群，陌生，麻木

在沟渠边我突然坐下来，剧烈抽泣

正午，难闻的气味，晃动的衣影

满街成千上万种无聊的小事

我只有艾伦，艾伦，一幕幕的艾伦

整个人冰冷，汗水自额头涔涔而下

像是铸成大错后的莫赎的悔恨

孤单，恐慌，背诵着去寻找他的暗号

艾伦呵，没有现在，我只有将来

一切幸乐都要由你赋予我的

别人给的都只能是平淡或凄苦

黎巴嫩

我们来到花园里

树荫中缓步穿行

和风拂过我们的面颊

素馨花丛前的木椅，倔坐

月亮从蓬尼露山后升起

黎巴嫩，像曲肱而横陈的少艾

全身覆盖轻纱，胴体若隐若现

自从大卫、所罗门逝去之后

黎巴嫩无声无息了

剩下清香袭人的杉木林

雄伟而峭丽的高塔

废墟和幽谷间的羚羊群

在这世界上，宏大的事物

都起源于或人的飘忽一念

金字塔，特洛伊城，由于

某个人蓦然想要这样做而做成

一点灵感产生了伊斯兰的荣华

一句话烧毁了亚历山大里亚图书馆

一丝眼波令我神思恍惚三昼夜

我们真的来到黄昏的花园里

真的在树荫下并步而相偎

圣洁的神粮越食越饥饿

阿拉伯的盖斯，意大利的但丁

他们食后五中如焚，躯肢融化

我爱你是因为突然感到你爱我

散居在贝鲁特城里的朋友们哟

没能与我同见月亮从蓬尼露山后升起

快乐的伤兵

暮霭苍茫，弥望白色营篷

篝火周围尽是无言的士兵

辎重车辆聚作黑压压的大堆

马嘶划过长空，传得很远

一墩墩干树枝烈焰蹿飞

上面烤着整条的牛胴

火光照亮了骠骑兵的匀称身材

说是忙着，只不过抄手凝视篝火

牛油滴在火上哔剥作响

烤肉的香味随风送到附近村庄

骠悍勇士们刚吃了点什么

就天旋地转地舞将起来

本堂神父的那块三叶草圣地

被践踏得不像样了，要弹跳麻利

举腿要举到靴尖碰着自己的鼻子

否则还算什么出色的舞蹈家

指挥官的命令是：战士必须休息

兵营闹了个通宵，喝酒，叫嚷

唱歌，摔角，打架

第二天早上统计伤兵

比以往历次战役之后还要多

儿时观剧，印象最深的是戏台上一片夜色，由近而远的白色营篷，点点红黄的篝火，我心里充满赞叹，恨不能预身其间，这是我最早感知的苍凉之美——而西方曩昔战地的景象又是那样的狂放，也令人输诚向往，火光映现骠骑兵漂亮的身材。明天，也许就捐躯沙场了。

尼罗河

冬夜渡船上仰观天星，静真是静
风噢，风冷得我不愿叫它尼罗河
夏末黄昏落日镕金两岸芦苇成阵
帆影俨似古代，清真寺荧绿灯火
不明何故我意懒得如此厌世贪生
怎么还呆在马哈提的住家旅馆里
回教是限以植物图案作徽饰的教
尼罗河是宜于疗合情爱裂创的河
拉马丹，我随同断食，勘证历书
回历太阳年须积八万年始差一日
是故太阴年之岁首寒暑变化无定
白羊戌宫，金牛酉宫，双子申宫
狮子午宫，室女巳宫，各卅一日
巨蟹未宫独三十二日，天秤辰宫

天蝎卯宫，宝瓶子宫，双鱼亥宫
皆三十日，人马寅宫，摩羯丑宫
俱二九日，是谓平年，凡 365 日
褪卸威严的阿拉伯长袍和头巾吧
委屈重穿木强的烦琐的时装革履
别了，白尼罗青尼罗种种的瀑布
健康是最佳的麻木，我麻木而去
会记得夏末黄昏两岸成阵的芦苇
俨似古代帆影，寺庙灯火绿荧荧
我斜卧在 FELLUCA 中，三角小帆
回教是植物教，我是个植物诗人
那动物的情侣嗥叫着越奔越远了
落日镕金尼罗河载我流向地中海

那末玫瑰是一个例外

岩岬留下夕阳余晖

远海已蒙起冥色艳暮色

冬季漫长而刚过

风和水还是冰冷的

置身于屋前平台

听湾角涨潮的涛声

应是水仙怒放的时节呵

纤细绿茎托着金黄穗头

晚风中轻轻摇曳

草坪尽处的沙滩上

藏红花，有淡红深红之别

迎春花生性粗鲁

哪儿有缝隙就往哪儿长

风信子未到开花季候

观赏风信子，最好是

正午十二点钟去那里散步

浓香醉人，带点儿烟味

仿佛流着翠翠的辣汁

五月黄昏，如果循小径而行

灌木叶真像在风中淌汗

拾一朵掉落在地上的杜鹃花

搓碎，奇馨满掌直沁肺腑

脚下圆卵石的硬感，哦

不觉已走到了平静的岸边

那末玫瑰是一个例外

野地玫瑰几乎蓬头垢面

采进屋里，灯下，郁丽而神秘

入埃及记

开罗小街窄巷

五色斑斓杂货铺

我不买什么

喜欢看，看看

与金字塔相反的

零零碎碎日用品

埃及像爿露天的店

尼罗河，长长的市河

斯芬克斯大掌柜哪

金字塔不是日用品

多么令人幸灾乐祸哟

亚述波斯希腊罗马

阿拉伯土耳其，这些劫掠者

两手空空踅进了历史

在希腊之前，你们的

七圣音、竖琴，迷惑过我

你们的宅，无窗无光

你是柔土研制的陶人

将你的脸拨侧在枕上

你的双肩平贴在毡毯上

按捺成壁画的正面律

瞳彩金褐，呼吸剧促

含族抑阿拉伯的苗裔哟

以我一身烈火加诸你柔土

金字塔太重，强盗搬不动

永恒太贵，谁也买不起

我独揽你粗犷中的秀媚

夜　糖

清澈的夜晚

南十字星座显现了

靴子陷入了水田的淤泥里

什么味道，战争的味道

村子那一头，黑暗中犬吠

进入墓园，圆锥形的坟

陶土加石块的小祭台

墓园里香风习习，好地方

坟垛可充防御物

可是队伍不停地向前去

穿越灌木林，又过稻田

牢记人家教的，避开路当中

地雷是埋在那里的

月亮升起就升得更高了

月光也有照在机枪上手表上的

边走边数步子

三千四百五十一，站住

挨个蹲下，跪倒，反而喘气

闭眼侧转头，舔得着露水

"你就是那个新来的吧"

不想承认

却说：是的

薄荷味，谁嚼口香糖

一块已塞到手里

"别出声，行吗

别吹泡泡"

谢谢，行，不出声

预　约

走过奥台斯孟街

一个耀眼的金发男孩

从舞蹈学校出来

我与他并步，交谈

醇和，慧黠，我不禁说

明天这时候，可以在

校门口等你吗

"噢，今天最后一天

明天放假了，我去旅行"

那末，祝你旅途愉快

他看我一眼，低头说

"你别忧愁，我们将会再见"

在哪儿找得到你呢

"在舞台上，首演的那天"

什么时候呢

"十年后，看要看我的独舞"

是，不看别人，只看你

"我找你，你坐在前排"

好，第一排，至多第三排

我穿度巴索罗绞围地

从另一通道折进琅巷

到查特霍斯方场

走过圣约翰街

逾越司密斯园

直下契克巷和菲尔德巷

登上荷尔本桥，至此

我混入人群，淡忘了这件事

雪橇事件之后

如果爱一个人

就跟他有讲不完的话

如果真是这样

那末没有这样的一个人

回想起从前陪舅舅坐餐馆

好像雪橇事件之后吧

邻桌的食客们，不交谈

整幢厅堂无声息

等，等救星似的等上菜

如果爱一个人

就跟他有讲不完的话

食客们，雪橇已到刚果河边

一八二一年冬季来了

普希金拟往彼萨拉亚小住

驿站憩歇，等早餐

从口袋里掏出纸片，写

诗人多半是不用书桌的

一八三六年夏，波尔季诺村

这里的野地多好呀

大片草原接大片草原

纵马驰骋，尽兴而返

趴在弹子台上、长沙发上，写

水，冰块，陶罐果酱

如果爱一个世界

就会有写也写不完的诗

如果真是这样

那末没有这样的一个世界

我 的 农 事 诗

中午，像农民那样吃点面包、奶酪
拿杯葡萄酒，伫立窗畔，坐落门阶
紫褐的土壤，青翠的草地树木
乡间色调柔和，眼睛整日得以休息
偶有鸦啼数声，除此别无扰音
乌鹊飞来啄食野枇杷，那是季节
我每日修剪山楂树组成的藩篱
已剪了一半，心里想着全部剪平
屋子下方坡面，八棵橡树前年种的
该松松土，十月施粪肥，三月施钾肥
当初周围的村民听说我播了橡实
指手画脚唠叨不休，无法阻止
如今我的橡树每棵都长得好，很好
两年未到六十厘米甚至七十厘米高了

到十月底，十一月，还将播下栗子

我发觉农民是憎恶土地的，尤恨树木

只凭我单户匹夫来崇尚泥层和植物

栗树比橡树更其长得快，真快

三十年枝繁叶密，一百年参天巨木了

只要耐性等待，幸我素以耐性著名

在这里我一无所友，谁也不理会谁

只与那个青年有约，他驾车送肥料

帮我干掘树坑栽果木的重活儿

秋季，显得长，枫叶红，桦叶黄

下雨，道途泥泞，安心厨下烹饪

我视力上佳，能精辨物体的畸形异彩

可惜我是在以这种方式消磨时光

贝壳放逐法

古雅典民众大会上

只要满六千票

即六千块陶片

就可对某个人

尽管他清白无辜

因此作出了

十年二十年乃至终生放逐的判决

一天天，我坐在旅社的露台边

予岂流离失所者哉

唯所思皆故实耳

希腊的塞密思托克利斯

波斯海岸

仰毒牛血以摆脱人生苦恼

佯狂欺世呢，也算不得脚色

睥睨任何裁制权

巴比伦汉穆拉比法典

罗马法，拿破仑法典

美国清教徒法规

一切法律领域中的条款

平生行谊，略无沆瀣

暮色随之降临博尔格赛绿荫区

罗马的少男少女上街来了

可口可乐——只有帕泼西

黑人喝帕泼西

店主说附近海水河水都已污染

他指指远处灰白色的建筑物

高耸入云，周身没有一个窗眼

黑　海

黑海远眺

诚然黑，海面

蓝蓝条纹，近沙滩

迷人之翠，晨

太阳升上，更上

弥望珍珠，随风玓珱

那叫什么呢，那叫黑海

护岸堤上坐

双脚垂浸潮浪中

清凉　柔和　大力

去他妈的黑海舰队

去他妈的雅尔塔会议

去他奶奶的拜占庭

去他奶奶的钦察汗国

只要今日

早晨的克里米亚

孑其身，独领黑海

直到夕照丽天

那叫什么呢

那叫黑海之私有

爱黑海唯一的爱法

> 黑海广四十六万平方公里，连接乌
> 克兰、俄罗斯、格鲁吉亚及罗马
> 尼亚。含盐量为世界各大洋之半，
> 一百米以下的海水不分解氧分，故
> 无细菌存在。

巫　女

夜晚，忙完了整天的工作

和哥哥坐在楼下的起居室里

炉旁桌上的蜡烛快燃尽了

荷兰咕咕钟响完十一下

我们的心神滞留于从前的生活

父亲，母亲，共度舒缓时光

总是不关窗子，望着全市的黑暗

哥哥把左手放在我肩上

右手指向外面的屋顶，市场

他说，你瞧你瞧，他们回来了

幸亏我们用沙砾泥土把路填平

他们吃完铸钟匠家的喜酒回来

从手里提着的灯可以看出，嗨哟

简直跌跌撞撞哪里是在走路

舞蹈般的灯光说明喜酒办得出色

这群人大声嚷嚷拐进了摊贩街

他们猜测巫女将要在火中叫唱什么

灯光和身影远去了，留下黑暗寂静

虽然我原是想定后天才打点行李

哥哥劝我早走，这也是我愿意的

不知为何搅起我心中阵阵的烦乱

第二天早晨，风信鸡在朝霞中闪光

我大步越过市场，面包师等待更多顾客

才知道今天要观看烧死那个巫女

当我走到御花园后面的小路上

绞刑架竖起，易燃材料放进大堆木柴中

上帝啊，是接生婆老妈妈的妹妹的女儿

望着苏门答腊海岸

头天夜里船抵新加坡

曦色中就开始装载货物

吱吱嘎嘎，听久了似乎也是自然

早餐后坐上人力车浏览华丽市景

马来亚人土生土长却不习惯活在城里

中国人貌如温厚骨子里精明势利

黧黑的泰米尔人打赤脚无声地走得快

孟加拉人油嘴滑舌生意兴隆

溜须拍马的日本人阴险狡诈

似乎总有迫不及待的事要去做

戴了遮阳帽身穿白帆布裤的英国人

驾着汽车疾驰而过，漫不经心

再回到船上，港口的那阵子嚣骚过去了

分外安静，从肺腑里感到舒服

船也徐徐驶经绿苔如茵的断崖峭壁

进入主港口，这里停泊着客船拖驳船

不定期的货船。远处防波堤外墙桅簇立

那是土著的帆船，密如没有树叶的森林

暮霭四垂，各种景象蒙上一层神秘色彩

船只的活动好像都同时停顿下来

为了等待某种重大事件要发生

什么事也没有。离开新加坡的清晓

最可凝视的是那几颗淡淡的晨星

在白昼正式降临前它们次第消失

海面平净如镜，尘世的悲伤已无足轻重

倚着栏杆，眺望苏门答腊低平的海岸

"起得早呵，抽支烟吗"背后有人这样说

OK

国务卿和参议院皮特曼就要到了
谢谢你来这儿一趟，能见面真好
以后有任何你认为我应该知道的
就尽快写封信给我，别犹豫
要你绕开指挥系统，这个奇怪的建议
确是与你廿五年来的训练和经验相抵触
无论你行将干什么，可写信，莫打报告
我喜欢你上次寄给我的。几乎看得见
潜艇基地到下午五点就没人影的景象
这说明纳粹德国的很多重要问题
往往一件小事，一块面包值多少钱
街头巷尾的笑话，柏林上空小飞艇广告
比几十页的报告还要含有更多的意义
当然，正式的呈文不可少，然而

这样的阅读实在太伤了我的目力

外国进行着的战争，我们绝对中立

我们买下玛丽皇后号和诺曼底号

用来撤运欧陆各地的美国侨民

这两艘船，可以给盟国一大笔救急的钱

我们得到的是豪华上等邮船，军用财富

是海上同样吨位的船只中最快的

能以续航速度超过任何现有的潜艇

不必曲折行驶，哦，内部装置拆卸了

载荷量特别大，你是知道的，你说得对

"慈悲的力量高出于权力之上"

我自己也是莎士比亚作品的最爱者

OK，走吧，保持联络，好运道

锡耶纳

啊，这正是我所企盼的长信

先跳过关于迈阿密的那几段琐记

专找斯鲁特擅长的夹叙夹议

然后再从头细细看，唯恐看完

噢，他留下的德文法文的书

一大堆，我已啃掉了三分之二

每日里空思妄想没有别的事可做

德国由于胁腹攸关的地理位置

人口、精力——自拿破仑败绩以来

他们无疑是欧洲最居心叵测的民族

认为受骗上当已有几个世纪了

世界应该照他们的意志重新组合

心理变态，他们自己就动辄崩盘

自由主义的好德国，法西斯蒂的坏德国

都与接壤诸邦以及天主教有密切关系

这样的讲法我似懂非懂，自认不懂

新来罗马的总领事，度量狭隘的小官僚

让表妹离开此地，倒也是个办法

涉及归化问题还有技术上的困难

罗马本地人都如是说，看来需要时间

我也得走，除了参加哥哥的婚礼

教父几次催促，早点进潜艇学校

锡耶纳，说来真令人厌烦，山是褐色的

葡萄树被剪得只剩下污黑的残根乱枝

一九四〇年的赛马到底默然取销了

天气冷，时不时下雨，除非柠檬房里

闻闻花香，喝咖啡，闭上眼睛……

生　命

来听保尔·孟森讲课的人出奇地多
总有二百余名穿卡其军服的飞行员
小课堂里满是气色鲜妍目光机灵的青年
跟别的军官一样保尔是个骄横的演说家
这时他向学员讲授如何避免死亡

大家静心谛聆，好像死神也在门外偷听
保尔用幻灯图解耍弄许多专门术语
忽而幽默地血腥地穿插几句闲话
什么是在航空母舰上降落时的危机

接近舰身，生死关头，撞了该如何动作
暗示听众可能会死掉，学员们大笑起来
这群挤着端坐的短平头发的小伙子
发出那种像舰上被服室的辛烈气味

希特勒进攻波兰的第二天，谣言四起

华盛顿下令将飞行学校的人数增加三倍
一年的课程缩短为六个月，全校如此
先应取得驾驶大型慢速巡逻机的资格
然后是侦察机，飞得相当不错，很好
才能编入空军第五中队进行战斗训练
眼下要同时进行巡逻侦察战斗的考试
名单明早公布，希望能进第五中队
心里回响着刚才那堂二百余人的课
保尔·孟森本来就是演说家，不可一世
飞机撞上航空母舰，刹那间该怎么应变
他把足以叫人兴奋的事件都讲了个透
大家笑得嘹亮，这群短平头发的青年
发出一种像舰上被服室的辛烈气味

都　灵

雪落在卡里尼阿诺宫的暗红墙上
雉堞，窗棂，门楣，雪已厚积
焦贝尔蒂的雕像矗立广场中央
雕像并不出色，变得可谓壮丽了
看看表，五点，宫墙次第变黑
沿街连拱廊下漫步，廊外，雪和雪
旅游俱乐部的导游手册上谆谆说
都灵的沿街连拱廊长达十四里
世界上哪个城市能出手如此豪迈
也许博洛尼亚，也许帕多瓦，能吗
比不上都灵这么高大，宽敞，优美
走着走着夜色愈见浓重，到了街角
芬查里诺路和维托里奥路相交处
我从来承认，布尔乔亚的都灵，哦

十九世纪的都灵，以这个街角为界范

连拱廊始于河岸，斜坡过市，至此汇拢

这条路的最后一段渐渐惨淡荒凉了

监狱，圣保罗地区，工人，厂房……

经过这么多年，好像上帝造就安排停当

资产阶级的都灵和工人的都灵没有鸿沟

十九世纪和二十世纪，也没有鸿沟

我原先觉得芬查里诺路和维托里奥路

相交的这个古老街角是引接大海的栈桥

一条在黑夜中通向未来白昼的甬道

现在，面前的，大海已坚决化作陆地

布尔乔亚心甘情愿委身于普罗的都灵

任凭怎样说，银花纷飞的初夜到深宵

为了排遣忧闷而沿着连拱廊走的男子

无论是资产者，或工人，或什么都勿是

到了芬查里诺路和维托里奥路相交之处

总要不由自主地伫立一会，想一些事

VII

同　袍

与　子　同　袍

与　子　同　裳

与　子　同　泽

与　子　偕　作

坎　其　击　鼓

坎　其　击　缶

泌　丘　之　道

无　冬　无　夏

子　之　汤　兮

洵　有　情　兮

泌　丘　之　上

泌　丘　之　下

握　椒　婆　娑

泌　之　洋　洋

簠簋

竿淇思之苍泱华琅瑳傩杯忧兮济

青于尔疚苍泱清琳之之同忘淇永

簋钓不亦木水木彼笑玉言乐兮之

簠以岂思厥厥水胜巧佩驾泻淇木

黄　鸟

交　交　黄　鸟

止　于　棘

止　于　桑

止　于　楚

万　夫　之　特

既　庭　且　硕

彼　苍　者　天

惠　此　良　人

水　之　湄

水　之　涘

水　之　沚

良　人　栩　心

我　百　其　身

酺　此　良　人

七　襄

维　南　有　箕
可　以　簸　扬
维　北　有　斗
可　挹　酒　浆
维　南　有　箕
载　翕　其　舌
维　北　有　斗
载　柄　揭　揭
或　仰　其　酒
或　偃　其　浆
鞙　鞙　其　璲
不　以　其　长
跂　彼　牛　郎
终　夕　七　襄

玉　尔

尔亦劳止，汔可小康。
羁此中国，引领西方。
无纵诡随，以谨无良。
柔远能迩，且定一方。
尔虽小子，而式宏轩。
无纵诡随，以谨牵卷。
维我玉尔，是用大谏。

柔　至

<pre>
淇　则　有　岸
隰　则　有　泮
与　尔　偕　老
琼　琚　在　抱
云　油　雨　霈
于　斯　之　时
进　退　维　谷
惟　隈　惟　壑
惟　追　惟　琢
惟　熨　惟　笃
身　之　赴　托
颠　昫　翻　覆
情　之　柔　至
烬　垺　煨　粥
</pre>

繁　霜

正月繁霜
我心忧伤
侯薪侯蒸
国之殆亡
今兹之政
胡然厉矣
满目阗犓
朝野鞠讻
怵怵有屋
蔽蔽有禄
哥矣驵佉
国之殆戮
何日挽子
脱此辐穀

肃　肃

肃肃鸨羽

集于茂梓

世事靡鹽

艺不得极

骐子何怙

曷其有所

肃肃鸨羽

集于茂桑

生事靡鹽

为谋稻粱

骐子何尝

曷其有常

亘太平洋

在天一方

焕　焕

兔　爰　爰

雉　焕　焕

初　之　逢

心　尚　董

耽　之　中

心　如　蓬

尔　仪　丰

尔　止　丛

尔　礼　雍

尔　卜　尔　筮

吉　言　抚　绥

不　竞　不　绿

玉　粲　锦　燿

期　之　在　后

负　暄

茗　之　华
芸　其　黄
心　之　倡
发　其　爽
茗　之　华
叶　青　青
馈　我　子
馨　此　生
偃　仰　乐
饮　之　湛
负　暄　授　摩
将　娱　晚　晴
撺　捒　挺　桐
攸　奴　攸　君

污　浣

维叶萋萋
黄鸟于飞
集于灌木
其鸣喈喈
葛之覃兮
施于中谷
子之来兮
是刈是濩
绤绤随之
服之无致
薄污我私
薄浣我衣
瞰子污浣
我心如饴

关　关

鸠洲子逑菜之子兹足服哉侧哉旦
雎之尤迥荇芼尤在不裳悠反悠复
关美窕士差右窕笑兹舒哉转哉旦
关在窈吉参左窈言在除悠辗悠旦

其　雨

雨霖叔心草堂叔杭兮兮殳驱容仪
其其思甘谖之思之揭桀执前为如
雨霈言首得树言苇兮之也我适沐
其霈愿疾焉言愿一叔邦叔为我膏

将　骐

将　骐　子　兮
逾　我　里
折　我　树　杞
逾　我　墙
折　我　树　桑
逾　我　园
折　我　树　檀
岂　敢　爱　之
骐　可　怀　也
人　之　多　言
不　我　畏　也
人　不　知　骐
我　知　怀　之
怀　之　不　畏　也

厥　初

厥初识子
出巷入隘
岁月匍匐
绸缪旦夕
以就口食
即之字文
实发实秀
是负是任
眷言顾之
倜傥生采
阴泄沈泉
无浸良材
尔虽小子
来日栋宰

雾　豹

藏章木趑姿唐也广撤遑侧毻洽霝

其文公趑安旁如其既偉转毻恩冥

豹丽从履立玉罩望盘抱颐根沾逐

雾泽谁剑竫珉厥自辛投玉灵仁驰

如　英

彼　淇　之　子
美　如　英
美　无　度
猗　嗟　娈　兮
猗　嗟　昌　兮
颀　且　长　兮
清　扬　婉　兮
舞　则　选　兮
目　既　成　兮
乃　入　我　怀
抑　若　扬　兮
巧　趋　跄　兮
射　则　臧　兮
彼　淇　之　子

乌　镇

遵彼乌镇
循其条枚
未见故庥
愬如辀饥
遵彼乌镇
迴其条肆
既见旧里
不我遏弃
积雪御丧
邸廪如毁
虽则如毁
吉黄片羽
振振公子
于嗟麟兮

怀　里

我徂北美
慆慆十载
我来自东
零雨其濛
我西曰归
腧心东悲
蜎蜎者蠋
烝在桑野
敦彼独宿
亦在车下
伊威在室
蠰蜎在户
不我畏也
里可怀也

不　如

嗟　我　于　役
不　日　不　月
曷　其　有　佸
鸡　栖　于　塒
日　之　夕　矣
羊　牛　下　来
嗟　我　行　役
匪　无　勿　思
中　心　如　噎
中　心　如　捣
燊　燊　憎　憎
如　摧　如　族
日　之　夕　矣
不　如　羊　牛

蟋　蟀

蟋蟀在野
日月其迈
职思其居
好乐无歧
蟋蟀在堂
岁聿其逝
职思其外
好乐无旷
瞿瞿蹶蹶
无已大康
寄言远国
良孺待匡
是是是图
亶其然乎

恒　骚

鸿雁于飞
肃肃其羽
维我于征
劬劳于西
爰及矜人
如鳏如寡
鸿雁于飞
集于北美
维此哲人
谓我劬劳
维彼佞人
谓我宣骄
不我宣骄
诗旨恒骚

白　鸟

白鸟白鸟，
无阻我足。
此邦之人，
不可与明。
言旋言归，
眷我邦族。

黄鸟黄鸟，
无啄我足。
邦族之人，
不可与处。
言亡言返，
踧踏异境。
亡人何宝，
木铎有心。

何　草

何　草　不　青
何　日　不　行
仆　仆　四　方
何　草　不　黄
何　时　不　望
锐　身　还　乡
匪　兕　匪　虎
率　彼　国　中
有　芃　者　狐
有　财　者　贾
大　夫　不　均
贤　者　茕　茕
踧　踧　自　葆
再　赴　西　戎

谓　尔

谓　尔　无　兔
皎　皎　雪　如
谓　尔　无　雉
晔　晔　锦　如
尔　兔　来　思
其　耳　湿　湿
尔　雉　来　思
其　尾　饬　饬
矜　矜　兢　兢
不　骞　不　崩
麾　之　以　肱
毕　来　既　升
旐　维　旐　矣
吉　兆　溱　溱

他　山

他　山　之　石
可　以　为　错
可　以　攻　玉
爰　有　树　檀
其　下　维　萚
其　下　维　榖
鱼　鳞　潜　水
或　在　其　渚
或　在　其　渊
鹤　鸣　九　皋
声　闻　于　野
声　闻　于　天
各　敬　尔　仪
易　色　贤　贤

鱼　丽

南有嘉鱼
君子有酒
烝然汕汕
式燕以衍
南有樛木
甘瓠累之
物其多矣
维其时矣
维其尤矣
翩翩者雏
烝然来思
君子有酒
酒有且旨
是谓鱼丽

击　壤

泉涸祸穀洋纪艺济鸢天鲔渊邦颜

冷时构能大之以我维戾维于异开

彼浚日然滔域瘁必鹑飞鳣鳞壤流

相时月怡滔外尽事维翰维潜击临

鹿　鸣

呦呦鹿鸣
食野之苹
我有佳士
鼓瑟吹笙
呦呦鹿鸣
食野之蒿
德音孔昭
君子是效
呦呦鹿鸣
食野之芩
式燕以敖
悦武眉心
鸣鹿入林
鹿亦有牲

终　识

绵绵葛藟

在河之泲

终识兄弟

倾盖相顾

绵绵葛藟

在河之涘

终得兄弟

倾心相许

绵绵葛藟

在河之湝

终乐兄弟

倾身相成

怀哉怀哉

辟世之亲

怎　然

怎　然　既　缉
敛　怨　为　德
拒　背　拒　侧
维　权　专　摄
莫　止　莫　从
靡　明　靡　晦
式　号　式　呼
俾　夜　作　昼
国　事　蜩　蟾
人　心　沸　羹
小　大　近　丧
尚　乎　由　行
内　奠　中　国
覃　及　四　方

英　玉

彼　淇　之　子

美　无　度

美　无　度

殊　异　乎　公　路

彼　淇　之　子

美　如　英

美　如　英

殊　异　乎　公　行

彼　淇　之　子

美　如　玉

美　如　玉

殊　异　乎　公　族

彼　汾　兮　一　方

彼　汾　兮　一　曲

上　天

上　天　同　云
雨　雪　雰　雰
益　之　霡　霂
既　优　既　渥
既　沾　既　足
鼓　钟　钦　钦
鼓　瑟　鼓　琴
笙　磬　同　音
以　雅　以　南
雅　二　南　二
献　酬　交　错
丰　仪　卒　度
笑　言　卒　获
百　媚　攸　酢

王　事

适益外谪哉职门殷贫辛溪淇水霁
敦坤自遍焉天国殷且蹇泉于淇心
事事入人已亦出心窭道彼流怀然
王正我国我事自忧终莫毖亦有廓

鸠　鸣

宛彼鸠鸣

翰飞入云

我心遄思

念念故情

不寐有怀

畴昔二人

人之齐圣

如酒克温

彼愚无知

壹醉日纷

至性敬仪

不又天禀

良稚然知

式毂循循

鱼　在

鱼　在　在　藻
有　颂　其　首
予　在　在　故
岂　乐　饮　酒
鱼　在　在　藻
有　莘　其　尾
予　在　在　故
酒　饮　乐　岂
鱼　在　在　藻
依　于　其　蒲
予　在　在　故
有　那　其　居
颂　首　莘　尾
温　鉴　其　举

日　益

怭毗迷尸呻揆资庶辟辟易极携益
方夸卒载方敢蔑众多立孔立如日
之为仪人之谁乱惠之自民信敢之
国无威善民莫丧莫民无牖诚如携

人　有

人有土田
厥反没之
人有生权
厥覆夺之
此宜无妄
厥亟收之
彼宿巨廛
厥迭脱之
贾亦三倍
厥利百之
舍尔阶乱
维予胥忌
人之云亡
邦国殄瘁

有　客

客马苴旅宿信縶心之行客白乐伯

有其有其宿信之其追西匪天伯乐

客白萋琢不不授縶言徂客马无有

有亦有敦客客言岂薄已维其东西

旄　旐

翩有旐旄
夷不生乱
泯不国靡
愚自靡民
烬以祸具
哀有乎于
频斯步国
资蔑步国
将我不天
疑止所靡
竞无心秉
阶厉生谁
梗为今至
往何徂云

以　濯

忧　心　慇　慇
念　我　土　宇
我　生　不　辰
逢　天　僤　怒
自　东　徂　西
靡　所　定　处
多　我　觏　瘆
孔　棘　我　圉
为　谋　为　毖
乱　况　斯　削
告　尔　忧　恤
诲　尔　序　爵
谁　能　执　热
逝　不　以　濯

人异禽兽
所亦几希
庶民去之
君子存焉
明明百物
察察人伦
由仁义行
匪行仁义
有不为也
后有为也
价人不失
赤子之心
无罪杀士
则士远引

人　之

于身
所爱焉
所养
之肤
爱焉
养焉
善者
他哉
贱贵
有体
害大
贱害
小人
者大

人之
兼所
则兼
方寸
无不
不无
善不
岂有
体有
小大
以小
贵以
小者
大人

观　水

观　水　有　道
必　观　其　澜
流　水　为　物
不　盈　不　行
君　子　之　志
不　成　不　达
人　之　其　有
德　慧　术　知
恒　存　疢　疾
孤　尊　逆　子
其　操　峭　危
其　虑　患　深
达　达　而　达
是　谓　特　达

为　关

古之为关

将以御暴

今之为关

将以施暴

不仁得国

有之者矣

不仁命世

未之有也

山径之蹊

介然成路

为间不用

茅塞之矣

言近指远

多智言也

钧　是

钧是人也
为大为小
其从大体
为大人焉
小体其从
为人小焉
耳目之官
不思而蔽
物物交物
引之而已
心神则思
思则得之
先立大者
小不能夺

明　道

明　道　若　昧
弟　道　若　退
夷　途　若　颣
上　智　若　谷
太　白　若　辱
广　德　若　亏
健　行　若　偷
质　真　若　渝
大　方　失　隅
大　器　末　成
大　音　希　声
大　象　忘　形
大　木　无　青
大　心　迷　宾